説

狼の掟《おきて》

闇の用心棒⑦

鳥羽　亮

祥伝社文庫

目次

第六章　囗冰　　　　248

第五章　瀻囗　　　　199

第四章　囗攸　　　　147

第三章　囗𢆶𢦔川　しるす・えがく・しらす　101

第二章　彔囗　　　　55

第一章　囗漢字　かんじ　7

第一章　肝煎屋《きもいり》

1

風のない清夜だった。頭上で十六夜《いざよい》の月が皓々《こうこう》とかがやき、大川端《おおかわばた》を淡い青磁《せいじ》色のひかりでつつんでいる。

本所竹町《ほんじよたけちょう》。大川の竹町の渡し場の近くである。対岸は浅草《あさくさ》で、月明りのなかに駒形《こまがた》町や並木《なみき》町の家並がその黒い輪郭だけを見せていた。

大川の川面《かわも》には、ふだん猪牙舟《ちょきぶね》、箱船、屋形船などが賑《にぎ》やかに行き交っているのだが、いまは船影はみられなかった。川面は黒い無数の波の起伏を刻《きざ》みながら、滔々《とうとう》と彼方の闇のなかまでつづいている。

五ツ（午後八時）過ぎだった。日中は、人通りの絶えない大川端もいまは人影がなく、ひっそりとしていた。辺りが静寂につつまれているせいか、大川の流れの音と汀《みぎわ》に寄せる川波の音が耳を聾《ろう》するほどに聞こえてくる。

その大川端をひとりの牢人《ろうにん》が歩いていた。名は須貝孫十郎《すがいまごじゅうろう》。歳のころは三十代半《なか》ばであろうか、髭《ひげ》の濃い、頤《おとがい》の張ったいかつい顔をしていた。着崩れした単衣《ひとえ》に羊《よう》羹《かん》色のよれよれの袴《はかま》。黒鞘の大刀を一本落とし差しにしていた。一見して、無頼牢人と分かる風体《ふうてい》である。

須貝は大川端を川下にむかっていた。何かいいことでもあったのか、懐手をしてニヤニヤ笑いながら歩いている。

竹町を過ぎて北本町へさしかかったとき、ふいに前方の路地から大川端の通りへ、下駄の音とともに人影が飛び出してきた。

女である。月明りのなかに、白い顔と縞《しま》柄の小袖《こそで》や茶の帯がかすかに浮かび上がったように見えた。

追われているのか、女は逃げるように牢人の方へ駆け寄ってくる。

「待ちゃァがれ！　この女《あま》」

つづいて怒鳴り声がし、女の出てきた路地から男が飛び出してきた。弁慶格子《べんけいごうし》の単衣を裾高に尻《しり》っ端折《ぱしょ》りし、白い脛《すね》を剝《む》き出していた。遊び人か地まわりか、いずれにしろ真っ当な男ではないようだ。

女は泳ぐような格好で懸命に走っているが、男の方が足は速い。見る間にその距離がせばまってくる。

女は牢人の目の前に迫り、

「た、助けて！」

と、すがりつくような声で言った。

色白の年増だった。面長《おもなが》で鼻筋がとおっていた。美形である。首筋や襟元《えりもと》から覗《のぞ》く肌が、白蠟《はくろう》のように浮かび上がっている。

「どうした、女」

須貝が訊《き》いた。

「と、通りすがりの男に、追われています」

女が声を震わせて言った。

「悪いやつだな」

須貝は男の前に立ちふさがった。

「な、なんでえ、てめえは！」

男が目をつり上げて叫んだ。

「だれでもいいが……。おまえ、女を手籠《ご》めにでもする気だな」

須貝は男を睨《にら》みすえ、刀の柄に右手を添えた。女は須貝の後ろにまわり込んで、背に張り付くように身を隠している。

「サンピンなんぞ、怖《こわ》かァねえ。そこを、どけ！」

男は両袖をたくし上げると、握り拳《こぶし》をつくって身構えた。どうやら、刃物は持っていないようだ。

二十代半ばであろうか。顎《あご》がとがり、目が細い。狐《きつね》のような顔をしていた。

「若造、斬られたいのか」

須貝は刀を抜き、切っ先を男にむけた。

「や、やろう！　抜きゃァがったな」

男は握り締めた拳を震わせながら、後じさりし始めた。顔に恐怖の色がある。飛びかかってくる気配はなかった。

「くるか！」

須貝は吼《ほ》えるような声を上げ、大上段に振りかぶった。

「ちくしょう！　覚えてやがれ」

男は捨て台詞《ゼリフ》を残して、反転した。そして、後ろも見ずに、一目散に逃げ出した。見る間に、男の背が夜陰のなかに消えていく。

「いくじのないやつだ」

須貝はゆっくりとした動作で刀を鞘に納めた。

「お、お武家さま、助かりました」

女は須貝を見上げながら言った。

すがりつくような目をしている。女の身辺から、かすかに酒と脂粉《しふん》の匂いがした。白い肌と唇の紅が、月明りのなかで妙になまめかしい。

「女、ひとりか」

須貝が目尻を下げて訊いた。

「は、はい、両国《りょうごく》まで、帰るところでした」

「夜分、そなたのような女子《おなご》が、ひとりでは物騒だな。おれも、両国は通り道だ。送ってやろう」

料理屋に勤めている女か小料理屋の女将《おかみ》ではないか、と須貝は思った。

「旦那のような方がいっしょなら、安心です」

そう言って、女はさらに須貝に身を寄せてきた。

「そうか、そうか」

須貝が鼻の下を伸ばして言った。

ふたりは大川端を両国方面にむかって歩きだした。辺りに人影はなく、大川の流れの音と汀に寄せる波音だけが聞こえてくる。

「あたし、すこし酔っちゃって……」

女は甘えるような声で言って、足元をふらつかせ、肩先を須貝の二の腕に擦りつけてきた。いまにも、倒れそうな足取りである。

「だ、大事ないか」

思わず、須貝は足をとめて、女の肩に腕をまわした。

すると、女は、

「ねえ、旦那、胸が苦しくて……」

と鼻声で言って、額《ひたい》を須貝の胸に押しつけた。

「そうか、胸が苦しいか。おれが、楽にしてやろう」

そう言うと、須貝はいきなり左腕を女の腋《わき》から差し入れ、抱き締めるように女の体を引き寄せた。

女は顔を上げて目をとじ、唇を前に突き出すようにした。そのとき、女の右腕が帯の後ろの膨《ふく》らみにまわった。

手元が、キラリとひかった。細く尖《とが》った物が、月光を反射《はね》たのである。

須貝はすっかりその気になり、女の唇に己《おのれ》の分厚い唇を重ねて口を吸おうとした。

そして、須貝の顔が女の顔に重なった瞬間だった。ふいに、女が右腕を上げ、須貝の首の後ろに振り下ろした。

「お、女、何を……」

須貝が喉《のど》のつまったような呻《うめ》き声を上げ、身をのけ反らせた。

女は肩先で須貝の胸を押して身を引くと、

「おまえさん、もう命はないんだよ」

そう言って、口元にうす笑いを浮かべた。気が昂《たかぶ》っているらしく、目が異様なひかりを宿し、唇が血を含んだように赤かった。

須貝は顔を苦悶にゆがめてよろめき、刀を抜こうとして右手で柄をつかんだが、そのまま腰からくずれるように転倒した。

地面に伏臥《ふくが》した須貝は、いっとき四肢を痙攣《けいれん》させていたが、すぐに動かなくなった。絶命したようである。

「おまえさんこそ、いくじがないじゃァないか」

そう言うと、女は目を細め、右手に握った武器の先を舌の先で嘗《な》めた。一瞬、女の顔に恍惚《こうこつ》とした愉悦の表情が浮いたが、すぐに消えた。

手にしているのは、五寸釘の先をさらに鋭利に尖らせ、握り柄を付けたような武器だった。おそらく、女が独自に作った物であろう。

そのとき、路傍《ろぼう》の店仕舞いした表店の脇から、男がひとり飛び跳ねるような足取りで通りへ出てきた。さきほど、女を追いかけてきた狐のような顔をした男である。

「姐《あね》さん、うまくいきやしたね」

男はうすら笑いを浮かべて女に近寄ってきた。どうやら、ふたりはぐるだったらしい。

「図体のでかい男が、道に転がってちゃァ邪魔だねえ」

女は足元に横たわっている須貝に目をやって言った。

「土手にでも、転がしておきやしょうか」

「そうしておくれ」

男は、すぐに須貝の両足をつかみ、川岸の叢《くさむら》のなかに引き摺り込んだ。

「姐さん、一杯やりますかい」

通りへもどってきた男が言った。

「今夜は、飲みたいねえ」

女は頭上の月を見上げて目を細めた。月光に照らされた顔に、また恍惚とした表情が浮いている。

2

「旦那、片桐《かたぎり》の旦那」

腰高障子《こしだかしようじ》の向こうで声がした。

片桐右京《うきよう》は長屋の座敷で横になっていたのだが、身を起こして傍《かたわ》らの柱に立てかけてあった刀を手にした。

神田岩本町《かんだいわもと》の長兵衛店《ちようべえだな》だった。右京はこの長屋で独り暮らしをしていたのだ。御家人の次男坊で、表向きは実家からの合力で口を糊《のり》していることになっていたが、その実、腕利きの殺し人である。

歳は二十代半ば、色白で端整《たんせい》な顔立ちをしているが、表情がなく、憂《うれ》いの翳《かげ》が顔をおおっていた。人を殺して生きる稼業が、右京の胸に暗い翳を落としているのかもしれない。

「入れ」

右京が声をかけると腰高障子があいた。

顔を見せたのは、孫八《まごはち》だった。歳のころは四十二、三、背丈は五尺そこそこだが、体中にびっしりと鋼《はがね》のような筋肉がついている。表向きは屋根葺《ふ》き職人だが、この男も殺し人であった。

ただ、孫八は繫《つな》ぎ役もかねていた。繫ぎ役は、殺す相手の身辺を探ったり、元締めと殺し人の連絡にあたったりするのだ。

「旦那、須貝が死にましたぜ」

孫八が声をひそめて言った。

「死んだだと、どういうことだ」

右京が訝《いぶか》しそうな顔をした。

実は、日本橋室町《にほんばしむろまち》の太物《ふともの》問屋、倉田《くらた》屋のあるじ、茂兵衛《もへえ》から殺しの依頼を受け、右京と孫八とで須貝の命を狙っていたのだ。

「あっしにも、分からねえ。大川端で、死体になって転がっていやした」

孫八によると、今朝知り合いの船頭から、大川端で三十半ばの牢人が死んでいるという話を耳にし、念のために行ってみたという。

「場所は」

「本所の北本町のちかくでさァ」

孫八は、現場を見た足でこの長屋に立ち寄ったことを言い添えた。

「須貝は斬られていたのか」

すでに、右京は須貝の顔を見ていたが、急病で突発的に死ぬような男でなかった。

「それが、刀傷はねえんで」

孫八も、首をかしげた。須貝の死因は分からないらしい。

「行ってみるか」

右京は、須貝の死因だけでも知りたいと思った。

外は初秋の陽射しに満ちていた。その陽射しの加減からして、四ツ（午前十時）を過ぎているだろうか。長屋はひっそりとしていた。亭主や子供の多くは、仕事や遊びで長屋を出ていて、一日のうちでいまごろだけが、長屋が束の間の静寂につつまれるのである。

右京と孫八は、賑やかな両国広小路を抜け、両国橋を渡って本所へ出た。橋のたもとから大川沿いを川上にむかって歩けば、北本町までそれほど遠くはない。

大川端をいっとき歩くと、川沿いは町家が多くなった。この辺りが、北本町である。

「旦那、あそこでさァ」

すこし足を速めながら、孫八が言った。

川岸に人だかりができていた。野次馬らしい。通りすがりのぼてふりや行商人、船頭、近所の住人らしい女や子供……。人垣のなかほどに、岡っ引きや下っ引たちが集まっていた。そのなかに、八丁堀《はっちょうぼり》同心の姿もあった。須貝の死体は、同心の足元にあるらしい。

右京と孫八は、人垣の後ろから川岸の土手に目をやった。なだらかな斜面の叢《くさむら》のなかに、男がつっ伏していた。顔だけ、横をむいている。その顔に見覚えがあった。まちがいなく須貝である。須貝は、顔を苦悶にゆがめていた。

「斬られた様子はないな」

右京が小声で言った。

伏臥した須貝の体に、血の色はなかった。着物も刀で斬られたような痕はない。刀を抜いて斬り合った様子もなかった。腰に差した大刀は、そのまま叢のなかに埋まっているようだった。

右京たちは、死体の背も見えるようにまわり込んだ。

「旦那、やつの盆《ぼん》の窪《くぼ》を見てくだせえ。血の色がありやすぜ」

孫八が声を殺して言った。

なるほど、盆の窪にどす黒い血の色があった。遠方ではっきりしないが、刺されたようなちいさな傷もある。

「あれで、殺《や》られたかな」

須貝が何者かの手で殺されたのなら、盆の窪を何かで刺されたからではないか、と右京は思った。

――武器は何だろう。

刀や槍ではなかった。匕首《あいくち》や小刀などの刃物でもない。先の尖った針のような物であろう。馬針のような長い物であろうか……。

その武器が何なのか、右京に思い当たる節はなかった。

そのとき、ふいに背後に近付く人の気配がした。振り返ると、小柄な年寄りが立っていた。好々爺《こうこうや》のようなおだやかな笑みを浮かべている。安田平兵衛《やすだへいべえ》である。

「下手人《げしゅにん》は、辻斬りでしょうかね」

平兵衛は、右京と孫八に目をむけながら他人事《ひとごと》のような物言いで訊いた。

平兵衛は還暦にちかい老齢だった。皮膚には老人特有の脂斑《しみ》が浮き、鬢《びん》や髷《まげ》は白髪が目立った。色褪せた筒袖に軽衫《かるさん》姿。丸腰で、すこし背のまがった姿は、いかにも頼りなげな老爺である。

その実、平兵衛も殺し人のひとりだった。それも、江戸の闇世界で、人斬り平兵衛と恐れられた男である。

「そうかもしれませんね」

右京は抑揚のない声で言った。右京も孫八も、通りすがりの野次馬のような顔をしている。

「どうです、家に寄っていきませんか。まゆみに、茶でも淹《い》れさせましょう」

まゆみというのは、平兵衛のひとり娘だった。

平兵衛の家は、本所相生町《あいおいちょう》の庄助《しょうすけ》長屋にあった。表向きの稼業は刀の研ぎ師、筒袖に軽衫は、ふだん長屋で刀を研いでいるときの格好である。

「馳走に、なりますか」

右京は口元に笑みを浮かべて言った。

この場から、庄助長屋は近かった。おそらく、平兵衛は長屋の住人が噂《うわさ》しているのを耳にして、様子を見に来たのであろう。

「あっしも、途中までごいっしょしやしょう」

孫八は、庄助長屋に寄らずに帰るつもりだった。須貝が殺されたことを、殺し人の元締めである島蔵《しまぞう》の耳に入れておこうと思ったのである。

3

平兵衛たち三人は、大川端沿いの道を川下にむかって歩いた。前方に大川にかかる両国橋が見えていた。橋上を大勢の人が行き交っている。川沿いの道にもぽつぽつと人影があった。ぼてふり、風呂敷包みを背負った行商人、町娘、雲水《うんすい》、子供連れの女房などが、初秋の陽射しのなかを足早に歩いている。

「あの男、片桐さんと孫八の仕事じゃァなかったのか」

平兵衛が歩きながら訊いた。

「へい、それが、いよいよ仕掛けようって段になって、殺《や》られちまったんでさァ」

孫八が小声で言った。腑に落ちないような顔をしている。

「刀傷ではなかったな」

平兵衛が小声で言った。

「首の後ろを、何か尖った物で刺されたようです」

と、右京。

「わしも、そう見た。下手人は何者か分からぬが、わしらと同じ稼業かもしれんな」

「安田さん、何か心当たりはありますか」

「いや、まったくない」

「それにしても、妙ですぜ。倉田屋の茂兵衛が、他のやつに仕事を頼んだとは思えねえし……」

孫八は首をひねった。茂兵衛が、須貝殺しの依頼人であった。

「肝煎屋《きもいり》が、元締めのところに持ってきた話だったな」

肝煎屋吉左衛門《きちざえもん》は、つなぎ屋とも呼ばれる殺しの斡旋人《あっせん》であった。元締めの島蔵とは懇意《こんい》にしていて、ときおり殺しの依頼を持ってくるのである。むろん、殺し料の何割かは、吉左衛門のふところに入るが、元締めも殺し人もそのことを口にするようなことはなかった。こうした仕事は、お互い暗黙の了解の下でなり立っているのである。

「肝煎屋が、別の殺し人に話を持っていったわけではあるまい」

右京が言った。

「吉左衛門にかぎって、そのようなことはないはずだ。それに、別々に頼んだら、殺し料は倍になる。依頼人がそんな金を出すとは思えんな」

「そうですね」

右京も、肝煎屋が別の殺し人に依頼したとは思わなかった。

「ま、そのうち、見えてこよう」

そんな話をしているうちに、両国橋が近付いてきた。急に人通りが多くなり、それ以上歩きながら話すことはできなくなった。

「あっしは、これで」

両国橋のたもとまで来ると、孫八は平兵衛たちと別れ、人混みのなかをさらに川下へむかった。これから、深川、吉永町《よしなが》にある極楽屋《ごくらく》という一膳めし屋へ行くのだ。極楽屋は元締めの島蔵がひらいている店である。

平兵衛と右京は回向院《えこういん》の脇を通って、竪川《たてかわ》沿いの通りへ出た。そこが相生町で、平兵衛の住む庄助店はすぐである。

長屋は、ひっそりとしていた。ときおり、赤子の泣き声や母親が子供を叱《しか》る声などが聞こえてくるだけである。

平兵衛の家の腰高障子の向こうで、水を使う音がした。まゆみが、流し場で洗い物をしているらしい。

平兵衛は障子をあけると、

「まゆみ、もどったぞ。片桐さんもいっしょだ」

と、声をかけた。

土間の隅の流し場で洗い物をしていたまゆみは、一瞬、身を硬くしてから、そっと後ろを振り返った。

「右京さま……」

ぽっ、とまゆみの色白の顔が赤くなった。恥じらいと嬉しさが、いっしょになったような顔をして、いらっしゃい、とかすれたような声で言った。緊張して、喉《のど》がつまったらしい。

「お邪魔します」

右京は、笑みを浮かべて言った。顔をおおっていた翳《かげ》が消え、潑剌《はつらつ》とした若者の顔になっている。

まゆみは右京を慕っていた。右京も、まゆみのことを思っているようである。これまで、ふたりは何度も顔を合わせていたが、その思いを胸の内に秘めたまま過ごしていた。ところが、半年ほど前、重江藩《しげえはん》という大名家の騒動に巻き込まれたとき、まゆみは敵の奸計《かんけい》に利用されて下屋敷にとじこめられてしまった。

そのまゆみを、右京や平兵衛たちが助け出したとき、ふたりは初めてお互いの心の内を確かめ合うことができたのだ。ところが、ふたりの関係はそれ以上進展せず、右京が平兵衛の家に来たとき顔を合わせて話をする程度のままだった。むろん、ふたりが逢引《あいびき》するようなこともなかった。

それには、わけがあった。右京がそれ以上まゆみに近付くことを避けていたのだ。殺し人だったからである。いつ返り討ちに遭《あ》うか知れない稼業であった。まゆみを愛すればこそ、右京はまゆみに近付くことができなかったのだ。

まゆみは、父親の平兵衛と右京が殺し人であることを知らなかった。刀の研ぎ師である父と刀の蒐集《しゅうしゅう》家で御家人だという右京を、そのまま信じていたのだ。

「まゆみ、片桐さんに茶を淹れてくれんか」

平兵衛が上がり框《かまち》に腰を下ろして言った。

「は、はい」

まゆみは、すぐに流し場に顔をむけると、棚の上の湯飲みに手を伸ばした。

「十日ほど前、いい刀が手に入りましてね。また、安田さんに、研いでもらいたいと思ってるんですよ」

右京は世間話でもするような口調で言った。まゆみの前では、刀の研ぎを依頼にくる刀の蒐集家を装っていたのだ。

「だれが鍛えた刀ですかな」

「虎徹《こてつ》らしいですよ」

右京はすました顔で言った。

「虎徹ですか」

口から出任せもいいところである。長曾《なが》弥《そ》虎《ね》徹は、大業物《わざもの》を鍛えたことで知られる名工だった。虎徹の鍛えた刀は驚くほどの高値で取引され、右京には手が出るはずもない。平兵衛ですら、刀屋で見せてもらったことがあるだけで、研いだこともなかった。

「今度、持ってきましょう」

右京は当然のことのように言った。

「それは、楽しみだ」

平兵衛も、右京に話を合わせていた。まゆみが、そばで聞いているからである。

もっとも、まゆみは上の空で刀の話など耳に入っていなかった。背後にいる右京の視線が、自分の背にそそがれているのを意識して、急須で茶を淹れる手が震え、それどころではなかったのである。

右京はまゆみが淹れてくれた茶を飲み、まゆみとも言葉を交わした。やっと、涼しくなってきたとか、大川の川遊びもそろそろ終わりだろうとか、たあいもない季節の話である。

「美味《おい》しい茶を、馳走になりました」

半刻（一時間）ほどして、右京は腰を上げた。昼時だったし、いつまでも話しているわけにはいかなかったのである。それに、右京はまゆみの声を聞き、元気な姿を見れば、それで満足だったのだ。

まゆみは右京を見送るために戸口に立つと、

「右京さま、またいらしてください」

と、切なそうな声で言った。

4

極楽屋は、深川吉永町の掘割にかかる要橋《かなめ》のちかくにあった。極楽屋とは妙な屋号だが、あるじの島蔵が洒落《しゃれ》でつけたのである。

極楽屋は四方を掘割や寺社の杜《もり》、武家屋敷の板塀などで囲われた荒れ地のなかにあった。店に行くには、掘割にかかる橋を渡らなければならない。だれもが、どうしてこんな辺鄙《へんぴ》な地に一膳めし屋があるのか訝《いぶか》しがるような場所である。

近所の者は、極楽屋ではなく地獄屋と呼んで恐れ、ほとんど近付かなかった。それでは、商売にならないはずだが、結構客はいたのだ。客というより、極楽屋の住人といった方がいいだろうか。

極楽屋は、平屋造りの長屋のように長くのびた家屋のとっつきにあった。奥は部屋ごとに区切られ、そこに多くの男たちが暮らしていた。その男たちが、極楽屋の客である。

暮れ六ツ（午後六時）ごろだった。西の空には血を流したような残照がひろがり、極楽屋の周辺を淡い鴇《とき》色に染めていた。

ふたりの男が要橋を渡り、極楽屋の方へ足をむけていた。ふたりとも、極楽屋の客には似合わない身装《みなり》の男だった。

ひとりの男は五十がらみ、黒の絽《ろ》羽織に細縞《ほそじま》の小袖、渋い路考《ろこう》茶の角帯をしめていた。商家の旦那ふうである。もうひとりは、手代か番頭であろうか。三十がらみ、格《こう》子縞《し》の小袖に角帯姿で、手に風呂敷包みをかかえていた。

「又蔵《またぞう》、あれが極楽屋ですよ」

男は要橋を渡り終えたところで言った。

「へい」

又蔵と呼ばれた男は低い声で答え、ちいさく頭を下げただけだった。双眸《そうぼう》が獲物を前にした狼のようなひかりを宿している。身装は手代か番頭といった感じだが、物言いや態度は、多くの修羅場をくぐってきた男特有の凄《すご》みがあった。

ふたりの男は縄暖簾《なわのれん》を出した極楽屋の店先で足をとめ、左右に目をやったが、そのまま店に入っていった。

店のなかは、薄暗かった。酒や食い物の匂い、莨《たばこ》の煙、男たちの汗の臭い、温気《うんき》……。そうしたものが、よどんだ空気のなかに充満していた。

店のなかで、数人の男が酒を飲んだり、めしを食ったりしていた。髭面で頬に刀傷のある男、半裸で肩に般若《はんにゃ》の刺青《いれずみ》のある男、隻腕の男、褌《ふんどし》ひとつでがなり声を上げている男、どの顔を見ても一癖も二癖もありそうな男ばかりである。

極楽屋は一膳めし屋の他に口入れ屋もやっていた。口入れ屋は、下男下女、中間《ちゅうげん》などの斡旋業だが、極楽屋はただの店ではなかった。人の嫌がる危険な普請場《ふしんば》の人足、借金取り、用心棒など、命がけの仕事を斡旋していたのである。当然、そうした仕事に真っ当な男は集まらない。そこで、無宿人、凶状持ち、勘当されて行き場のない男などを集め、裏手の長屋に住まわせて、人の嫌がる仕事を斡旋していたのだ。

男たちは店に入ってきたふたりの男を見て、急に話をやめ、いっせいに視線を送った。どの顔にも、場違いなふたりに対する嘲弄《ちょうろう》と警戒の色があった。

「島蔵さんは、おられますかな」

入ってきた五十がらみの男が、おだやかな声で訊いた。落ち着いた物言いである。

すると、隻腕の峰吉《みねきち》という男が、

「おめえ、だれだい？」

と、男の静かな物言いに気圧《けお》されたような顔をして訊いた。

「島蔵さんに、吉左衛門といってもらえば分かります」

男がそう言ったとき、奥から出てきた嘉吉《かきち》が、

「肝煎屋の旦那じゃァねえか」

と言って、近寄ってきた。

「嘉吉さん、おひさしぶりです。島蔵さんを呼んでもらえますかね」

「すぐ、呼んでくる」

そう言い残して、嘉吉は板場にむかった。

嘉吉は、島蔵の手下のひとりで、繋ぎ役だった。これまでも何度か、吉左衛門と顔を合わせていたし、島蔵とのかかわりも知っていたのだ。

吉左衛門と又蔵が飯台の隅に腰を落としていっとき待つと、嘉吉が大柄な男を連れ

てもどってきた。

極楽屋のあるじの島蔵である。赤ら顔で、ギョロリとした牛のように大きな目をしていた。島蔵は濡れた手を前だれで拭《ふ》きながら、吉左衛門のそばに来ると、

「吉左衛門の旦那、また、仕事ですかい」

と言って、傍らの又蔵にちらりと目をやった。

又蔵は、ちいさくうなずいただけで黙っていた。表情も動かさない。その身辺には餓狼《がろう》のような雰囲気がただよっていた。

「ま、いろいろと」

吉左衛門はそう言うと、周囲の飯台に腰を下ろし、視線を集めている男たちに目をやった。この男たちの前では話せない、と言っているのである。

「おめえたち、旦那との話が済むまで、奥にいな」

島蔵が声を上げた。

すると、男たちは不服そうな顔もせずに、めしの丼《どんぶり》、徳利《とっくり》、猪口《ちょこ》、肴《さかな》の入った小鉢などを手にして腰を上げ、ぞろぞろと奥の座敷へむかった。こんなときのために、奥に飲み食いのできる座敷があったのである。

「仕事の話をする前に、おれから訊いておきてえことがあるんだがな」

島蔵が、吉左衛門の前に腰を下ろしながら言った。

島蔵の大きな目が吉左衛門を見すえている。その赤ら顔には、殺し人の元締めらしい迫力があった。

島蔵は、ひそかに閻魔《えんま》と呼ばれていた。地獄屋のあるじだったこともあるが、顔が閻魔に似ていたからである。

「須貝のことかね」

吉左衛門が訊いた。

「そうだ」

島蔵は、孫八と右京から須貝が何者かに殺されたことを耳にしていたのだ。

「おれも、驚いているんだ」

吉左衛門が急に声を落として言った。

「倉田屋がほかに仕事を頼んだってえことは、ねえだろうな」

「それはないはずだ。そっちに渡したとおり、半金は手付け金としてもらっているからな。倉田屋も、二度出すような馬鹿な真似はしねえだろう」

吉左衛門の物言いが急に乱暴になった。本性をあらわしたということらしい。

須貝の殺し料は百両だった。その半金の五十両を手付金としてもらっていた。すでに、金は島蔵を通して右京と孫八に渡してあった。もっとも、右京たちには二十両渡されただけである。十両は、島蔵の取り分だったのだ。

依頼の筋はこうである。須貝が、倉田屋の店先を通りかかったおり、店の前に水を撒《ま》いていた丁稚《でっち》がよそ見していて、須貝の袴に水がかかった。そのことで、須貝は因縁をつけ、袴代と称して、三両の金を脅し取った。

これで済めば、倉田屋も須貝の始末を頼むようなことはなかったはずだが、味をしめた須貝は、他愛もないことで頻繁に店に立ち寄るようになり、二両、三両と金を脅し取るようになった。

たまりかねた倉田屋では、近所に住む岡っ引きの柴吉《しばきち》という男に金をつつんで、なんとかしてくれと泣き付いた。さっそく、柴吉は須貝と強談判し、これ以上倉田屋に手を出せば、お縄にすると言った。

ところが、柴吉が何者かに斬り殺された。町方は下手人を追ったが、辻斬りらしいということだけで、その正体すらつかめなかった。むろん、須貝も疑われたが、下手人を裏付ける証《あかし》が何も出てこなかったのである、
そうしたおり、須貝が倉田屋に姿を見せ、また金を要求するようになったのだ。

たまりかねた倉田屋は、ひそかに吉左衛門に会って須貝の始末を依頼したのであ

る。

「おれも、倉田屋じゃァねえような気はするがな……」

島蔵は渋い顔をして、いっとき視線を虚空にとめていたが、

「だがな、お蔭で、こっちの顔はまるつぶれだぜ」

島蔵の顔が怒りで、どす黒く染まった。

依頼を受けた殺し人が、手を下す前に、何者かがあざやかな手口で始末してしまったのである。

こうした噂は、すぐに江戸の闇世界にひろまるはずだ。当然、地獄屋もたいしたことはない、それにしても、だれが殺《や》ったんだろう、と闇世界に棲《す》む者たちの目は、殺しの実行者にむけられるはずだ。当然、殺し人と元締めである島蔵の顔は潰れることになる。

「元締めだけじゃァねえ、おれの顔も立たねえ」

吉左衛門が低い声で言った。

吉左衛門の顔が豹変していた。おだやかそうな表情が掻き消え、双眸《そうぼう》が刺すようなひかりを帯びていた。殺しにかかわって生きてきた男の酷薄で、冷徹そうな面貌《おもて》である。

「それで、今日の用は？　まさか、愚痴《ぐち》を言いにきたわけでもあるめえ」

島蔵が訊いた。

5

「また、頼みがあってな」

吉左衛門が声を殺して言った。

「ほう、別の話かい」

島蔵の目がひかった。

「殺し料は五十で、相手は町人だ。でけえ話じゃァねえが、須貝のことがあるし、地獄屋の手で、すんなり始末をつけてもらいてえと思ってな」

「話してくれ」

吉左衛門の言うとおり、殺しの仕事としては安かった。おそらく、依頼人はそれほどの金持ちではないのだろう。それに、相手が町人であり、厄介《やっかい》な仕事ではなさそうだった。ただ、島蔵としては、今度こそ綺麗に始末をつけて地獄屋の力のほどを闇世界に知らせる必要があったのである。

「相手は権造《ごんぞう》という遊び人だ。依頼人は、船宿のあるじの定次郎《さだじろう》」

吉左衛門が言った。

「で、殺しのわけは？」

理由を訊かずに、殺しの依頼を受けるのが普通だったが、島蔵は念のために訊いた。須貝のことがあったからである。

「権造が、定次郎のひとり娘を誑《たぶら》かしたのだ」

定次郎には、おきくというひとり娘がいるという。

おきくが、近所の娘とふたりで芝居見物に行った帰りに、大川端で数人のならず者にかこまれ、手籠めにされそうになった。そこへ、権造があらわれ、おきくたちを助けた。おきくは権造が若くて男前だったことから、たちまちのぼせ上がった。ところが、おきくがその気になると、権造はたちまち本性をあらわし、おきくを騙《だま》して、五両、十両と店の金を持ち出させるようになった。

定次郎はおきくのことを心配し、店で使っている船頭に金を渡して、権造の身辺を調べさせた。すると、権造は若い娘を食い物にしている遊び人で、おきくたちを助けた一件も狂言だったことが分かった。しかも、おきくといっしょに助けた娘にも手を出していたのである。

このことを父親から聞いたおきくは目が覚め、権造と別れる決意をし、逢引の誘いにも乗らなくなった。

おきくの心が自分から離れたことを知った権造は居直り、仲間といっしょに船宿に乗り込んできて、百両もの手切れ金を要求したのだ。

「ま、それで、おれのところに頼みに来たわけだ」

吉左衛門が話し終え、どうだい、やってくれるかい、と小声で訊いた。

「受けよう」

殺し料は問題ではなかった。地獄屋の顔を立てるためにも、島蔵は権造殺しを引き受けたかったのだ。

「ありがたい。今度の仕事だけは、おめえさんに受けてもらいたかったんでな」

そう言って、吉左衛門は相好をくずした。

「ところで、おめえさんは」

島蔵が、吉左衛門の脇で黙って話を聞いていた又蔵に目をむけて訊いた。吉左衛門の手先だとは思っていたが、さっきから気になっていたのだ。その身辺には多くの修羅場をくぐってきた者の持つ餓狼のような凄みがあったからである。

「又蔵といいやす」

又蔵が低い声で言って、島蔵にちいさく頭を下げた。

すると、吉左衛門が話の後を取って言った。

「又蔵のことで、頼みがあってな。連れて来たのだ」

「頼みとは」

島蔵が訊いた。

「又蔵を使ってみる気はないかね」

「仕事にかい」

「まァ、そうだ。初めは繫ぎ役にでも使ってもらって、仕事も頼めると思ってからでいいんだがな」

吉左衛門がそう言うと、又蔵が、

「おねげえしやす」

と言って、また島蔵に頭を下げた。

「うむ……」

島蔵は、返事をせずに又蔵に目をむけた。簡単に承知するわけにはいかなかった。お互い命のかかっている仕事である。下手に動いて、自分が命を落とすのはかまわないが、やり方によっては、狙った相手に島蔵や仲間の殺し人が命を狙われることもある。それに、町方に知られれば、島蔵や他の殺し人にも累が及ぶのだ。

「又蔵だが、口はかたいし、腕も立つ」

吉左衛門によると、又蔵は二年ほど前から、吉左衛門のやっている店で包丁人として働くようになったという。

それから半年ほどして、又蔵は店に因縁をつけて金を脅し取ろうとした男を簡単にたたきのめし、店から放り出したそうである。

吉左衛門は表向き、柳橋《やなぎばし》で一吉《いちよし》という料理屋をいとなんでいたのだ。吉左衛門は一吉を始める前まで盗賊の頭だったが、年を取ったのを理由に引退したのである。

江戸の闇世界で長年生きてきた吉左衛門には、むかしの手下や息のかかった親分などが多かった。そうした者たちの情報や一吉に来た客の話などから、殺しを頼みたい者を嗅ぎ出し、島蔵のような殺しの元締めにつないでいたのだ。むろん、吉左衛門が肝煎屋であることを知っていて、殺しの斡旋を頼みにくる者もいた。

吉左衛門自身で殺し屋をかかえて実行すれば、当然斡旋するより金になるが、そうなると、吉左衛門が直接殺し人に接触せねばならなくなる。当然、一吉にも殺し人たちが出入りするようになるだろう。一吉をやりながらでは世間の目につくし、吉左衛門自身、殺し人の元締めにはむかないことが分かっていたのだ。

殺し人の元締めは、場合によって相手と命を賭けて戦わねばならないことがあった。だが、吉左衛門は殺しが苦手だった。盗賊当時から盗みはしたが、人を殺《あや》めたことはなかったのである。

「又蔵は、喧嘩《けんか》が強いだけじゃァねえぜ。匕首《あいくち》を持たせたら、腕に覚えのある侍にも引けを取らねえ」

吉左衛門が、なおも言いつのった。

又蔵は若いころ、包丁人として修行していたが、遊び人で賭場や岡場所などに頻繁に出入りしていた。そのうち、賭場の親分に腕と度胸を買われて、子分になったという。又蔵は客との諍《いさか》いや仲間内の喧嘩などを買って出て、殺し合いをとおして匕首の腕をあげたそうである。

ところが、賭場に町方の手が入り、親分や子分たちは捕らえられ、所払いや島送りになってしまった。

又蔵は、その俊敏さと匕首の巧みさで、町方の手をかいくぐって江戸から逃走した。その後、渡世人として中山道《なかせんどう》の宿場を歩き、ひょっこり江戸へもどってきたらしいのだ。

「又蔵は、おれのむかしを知っていたこともあってな、一吉の板場で使ってやることにしたのだ」

「なるほど」

島蔵は腑に落ちた。又蔵の身辺にただよっている餓狼のような雰囲気は、渡世人として中山道を流れ歩いているときに身についたものらしい。

「又蔵のような男を、料理屋の板場にとじこめておくのは惜《お》しいと思ってな。それに、又蔵には、殺しの仕事をやってみたい気があるようなのだ」

吉左衛門が言った。

「かまわねえが、すぐというわけにはいかねえぜ。しばらく、様子をみてからだが、それでもいいかい」

島蔵は、まだ警戒していた。又蔵の腕のほどを見ていなかったし、得体の知れない不気味さがあったからだ。

「へい、しばらく、ここに置いてくだせえ」

又蔵が表情も動かさずに言った。

「ここには、おめえさんに似たような連中が大勢いる。しばらく、極楽屋で極楽暮らしを味わってみねえ」

島蔵が口元に笑いを浮かべて言った。

6

戸口で、コトリと音がした。

平兵衛は刀を研ぐ手をとめ、耳を澄ませた。戸口から去って行く足音がしたが、すぐに聞こえなくなった。

平兵衛の住む棟割り長屋は、入り口の土間につづいて八畳の座敷が一間あるだけである。その八畳の北側の一角、三畳ほどを板張りにし、屏風《びょうぶ》でかこって仕事場にしていたのだ。平兵衛は研ぎかけの刀を脇に置くと、腰を上げた。何者かが、土間に何か落としていったようなのだ。

まゆみは出かけて、部屋にいるのは平兵衛ひとりだった。まゆみは半刻（一時間）ほど前に、惣菜を買いに行くといって、長屋を出ていた。

平兵衛は、まゆみとふたりだけで暮らしていた。女房のおよしが流行病《はやりやまい》で亡くなってから、平兵衛は男手ひとつでまゆみを育ててきたのだ。ちかごろは、まゆみが家事を一手に切り盛りするようになり、それとともに女房のような口をきくようになった。

ふたりだけの長屋暮らしは長いが、まゆみはいまだに武家言葉を遣っている。子供のころから武士の娘として育ててきたからである。

土間に、小石を入れて丸めた紙片が落ちていた。その紙片には、

——十八夜、笹《ささ》

とだけ記してあった。

島蔵からの連絡である。島蔵は平兵衛を呼び出すとき、こうした方法を取ることが多かった。

十八は、四《じ》、五《ご》、九《く》。つまり、地獄屋を意味していた。笹は、笹屋のことである。小名木《おなぎ》川にかかる万年《まんねん》橋のたもとに笹屋というそば屋があった。あるじの名は松吉《まつきち》。島蔵の息のかかった男で、殺し人たちとの密談のときに笹屋を使うことが多かった。

——いかねばなるまいな。

平兵衛は、別の紙片にまゆみ宛ての置き手紙をしたためた。

刀の研ぎの仕事で、出かけるので先に夕餉《ゆうげ》をすませておくように、とまゆみに伝えるためである。

平兵衛は、これまでも刀の研ぎの仕事のためと称して長屋をあけることがあったので、まゆみも特に不審はいだかないはずである。その実、突然家をあけるときは、殺

しの仕事にかかわってのことが多かったが、平兵衛はまゆみに気付かれないよう配慮していたのである。

平兵衛が笹屋の暖簾をくぐると、戸口に顔を出した松吉が、

「旦那、島蔵さんたちがお待ちですよ」

と、満面に愛想笑いを浮かべて言った。そして、すぐに二階に案内した。

松吉はそば屋の親爺《おやじ》になりきり、他人がそばにいないときでも、島蔵のことを親分とは呼ばなかった。松吉も、島蔵たちの正体が知れないよう用心していたのである。

二階の座敷には、すでに四人の男が集まっていた。島蔵、右京、孫八、それに朴念《ぼくねん》だった。朴念も殺し人のひとりである。

朴念は手甲鈎《てっこうかぎ》を巧みに遣った。手に嵌《は》めた手甲鈎で敵刃を受けたり、相手の顔面を引き裂いたりするのである。

朴念の風貌は異様だった。歳は三十がらみ、坊主頭で巨漢の主である。丸顔で、地蔵のような細い目をしていた。小鼻の張った愛嬌のある顔をし、いつもニタニタ笑っている。

衣装は、黒羽織に小袖を着流し、町医者のような格好をしているかと思えば、黒の道服に身をつつんでいたり、雲水のような法衣を身につけていたりする。坊主頭に合

わせて着用しているらしいが、どの衣類も垢《あか》でひかり、所々擦《す》り切れていた。長い間、男やもめで暮らしてきたせいなのか、衣類の繕《つくろ》いや洗濯は面倒でやらないらしい。

今日は黒羽織に小袖姿の町医者の格好をしていた。そば屋で酒を飲むとなると、雲水のような格好では人目を引くからである。

朴念という名は妙だが、朴念に手甲鈎の遣い方を指南した武芸者に、おまえは朴念仁だと言われ、朴念と名乗るようになったそうである。

「安田の旦那、ここへ座ってくれ」

島蔵が脇の座布団を指差して言った。

すでに、酒肴の膳が用意されていた。四人で飲んでいたらしく、島蔵や朴念の顔が赤みを帯びている。

平兵衛が島蔵の脇に腰を下ろすと、

「まァ、一杯やってくれ」

島蔵が銚子を取って、平兵衛の猪口に酒をついだ。そして、平兵衛が喉をうるおしたのを見てから、

「もう一度、孫八から話してくれ」

島蔵は孫八に目をやったまま言った。

「へい、まったく妙なことになってやしてね」

そう言って、孫八は右京とふたりで狙っていた須貝が、何者かによって殺された経緯を話した。

平兵衛や朴念の顔にも、驚きの色はなかった。すでに、およそのことを知っていたからである。

「それにしても、妙な話じゃァねえか」

島蔵が渋い顔をして言った。

孫八も眉宇を寄せて視線を落としたが、右京は無言のまま他人事のような顔をして手酌で猪口をかたむけている。

「倉田屋が、別の殺し人に頼んだんじゃァねえのかい」

朴念が訊いた。

「いや、それはねえ。肝煎屋にも確かめたがな。倉田屋が、二重に金を出すとは思えねえということだ。おれもそう思うな、こっちで為損じたのなら別だが」

島蔵の声には、断言するようなひびきがあった。

「てえことは、依頼人は倉田屋とは別じゃァねえのか。他にも須貝を恨んでいるやつがいて、おれたちとは別の殺し人に頼んだんだ」

朴念は座した男たちに視線をまわして言った。

「そうかもしれねえ」

島蔵が首をひねりながら言った。

「元締めに、思い当たる者はいるのか。その殺し人は、相手の首の後ろをとがった武器《えもの》で刺し殺すようだが」

右京が抑揚のない声で訊いた。

「いや、思い当たる者はいねえ」

そう言って、島蔵は膳の猪口に手酌で酒をついだが、猪口を口に運ばず、虚空にとめたまま考え込んでいたが、

「いずれにしろ、そのうち見えてくるだろうよ。……実はな、肝煎屋から、別の話があったのだ。須貝のこともあるし、今度はすんなり始末してえ」

島蔵は、ギョロリとした目で一同を見まわした。赤ら顔に、本来の島蔵らしい生気がもどっている。

「元締め、相手は」

朴念が身を乗り出すようにして訊いた。

「権造という遊び人だ」

島蔵は、吉左衛門から聞いた依頼人の名や権造に対する恨みなどを話した後、

「だが、殺し両は四十だ」

と、言い添えた。十両は島蔵のふところに入るらしい。

「手付け金は二十両、残りは権造を殺ってからということになるな。……どうだい、殺ってくれるかい」

島蔵がそう言うと、朴念がすぐに、

「おれがやろう。ちかごろ仕事がなくて、女も酒もごぶさただからな」

と、身を乗り出すようにして言った。

「安田の旦那はどうだい」

島蔵が、平兵衛に訊いた。

「わしは、遠慮しよう」

平兵衛は、できれば殺しに手を出したくなかった。それに、今度の仕事は朴念だけで十分だろう。

「それじゃァ、朴念に頼むが」

島蔵は朴念に目をむけ、ひとりでやるかい、と訊いた。通常、相手の身辺を探った

り、島蔵との連絡を取ったりするため、殺し人に繋ぎ役がひとりつくのである。

「いや、嘉吉に頼む」

嘉吉は島蔵の手下で、ちかごろ殺し人の繋ぎ役をやるようになったのである。

「分かった。おれから、嘉吉に話しておこう」

そう言うと、島蔵は膳に置いたままになっていた猪口を手にして一気に飲み干した。

7

深川佐賀《さが》町、油堀《あぶらぼり》と呼ばれる掘割にかかる橋のたもとに、朴念がひとり立っていた。朴念は黒の法衣に網代《あじろ》笠をかぶり、足元を脚半《きゃはん》と草鞋《わらじ》でかためていた。どこから見ても、雲水である。

暮れ六ッ（午後六時）を過ぎて、いっとき経っていた。辺りは濃い暮色につつまれてる。そこは、大川にも近かったので、家並の先には黒ずんだ川面が見えていた。川を渡ってきた初秋の風が、朴念の法衣をなびかせている。

掘割沿いの通りに人影はなかった。すでに表店《おもてだな》は店仕舞いし、暮色のなかにひっそりとしたたたずまいを見せていた。ただ、半町ほど先に小料理屋があり、そこから明りが洩れていた。客がいるらしく、かすかに男の哄笑《こうしょう》や嬌声《きょうせい》などが聞こえてくる。

朴念がこの場に立って、小半刻（三十分）ほど経つ。権造が来るのを待っていたのである。

笹屋で殺しの依頼を受けてから、十日経っていた。この間、朴念と嘉吉は深川今川《いまがわ》町界隈で聞き込み、権造が油堀沿いにある千鳥《ちどり》屋という小料理屋を馴染みにして、ときどき出かけることをつかんでいた。その千鳥屋が、明りの洩れている店である。

そして、三日ほど前から、ふたりは暮れ六ツごろになると、この場に来て権造が通りかかるのを待っていたのだ。

そのとき、駆けてくる足音が聞こえ、暮色のなかに黒い人影が浮かび上がった。嘉吉である。嘉吉は大川端にいて、権造の姿を見かけたら、朴念に知らせることになっていたのだ。

「旦那、来やしたぜ！」

嘉吉が息をはずませて言った。

「ひとりか」

「へい」

「よし、後はおれの仕事だ。嘉吉は、柳の陰にでも隠れていろ」

掘割沿いに、柳が枝葉を茂らせていた。

嘉吉がその場を去ると、朴念はふところから黒い物を取り出した。手甲鈎である。朴念は手甲鈎をすばやく右手に嵌めた。手甲鈎は鉄の輪を手に嵌めて握ると、先のとがった四本の大きな爪が、手の甲の外側に伸びるようになっていた。その爪で敵の顔を引き裂いたり、敵刃を受けたりするのである。

——来たな！

通りの先で足音がし、暮色のなかに棒縞《ぼうじま》の着物を裾高に尻っ端折りした長身の男の姿がぼんやりと浮かび上がった。朴念はその体軀に見覚えがあった。権造である。朴念は今川町で聞き込んでいたとき、権造の姿を目にしていたのだ。

朴念も路傍の柳の陰にまわり、権造が近付くのを待った。一町ほど先だろうか。権造はこちらにむかってぶらぶらと歩いてくる。千鳥屋へ来たのであろう。

しだいに、権造の姿が大きくなり、半町ほどに近付いたときだった。ふいに、掘割沿いの柳の樹陰から、黒い人影が飛び出した。

人影は権造に走り寄っていく。

肩先から伸びた刀身が見えた。銀蛇《ぎんだ》のようなひかりを放ち、薄闇を切り裂きながら権造に迫っていく。

「な、なんだ！」

権造が声を上げた。襲撃者に気付いたらしい。

何者かが、権造を襲おうとしているのだ。襲撃者は武士らしい。刀を八相《はっそう》に構え、権造を斬ろうとしている。

「てめえ、何をしやがる！」

権造が、ひき攣《つ》ったような声を上げた。

――殺し人だ！

朴念は、頭のなかで叫んだ。

ギャッ！　という権造の叫び声がひびき、身がのけ反った。襲撃者に斬られたらしい。

「おれの目の前で、殺《や》りゃァがった！」

朴念は叫びざま、走りだした。

異変を察し、樹陰に身を隠していた嘉吉も通りに飛び出して朴念の後を追った。

法衣をなびかせて駆ける朴念の目に、よろめいて倒れる権造の姿が映った。

権造を斬った武士は刀を納めると、振り返って朴念に目をむけた。総髪だった。瘦《そう》身《しん》で、茶の小袖に黒袴姿である。大刀を一本落とし差しにしていた。一見して、牢人と分かる風貌の男である。

牢人は駆け出した。足は朴念より速かった。その姿が、暮色のなかに遠ざかっていく。朴念は権造が倒れているそばに来て足をとめた。

権造は、まだ生きていた。低い唸《うな》り声を上げ、地面を這《は》って逃れようとしていた。肩先から背中にかけてザックリと裂け、傷口から截断《せつだん》された鎖骨《さこつ》が覗いていた。棒縞の着物は、血で真っ赤に染まっている。

朴念はその場から逃げ去った牢人に目をやった。その後ろ姿は暮色にまぎれ、かすかに黒い人影が識別できるだけである。

権造は二間ほど地面を這い、顎を突き上げて身を起こそうとしたが、わずかに顔が起きただけで、すぐに力尽きて前につっ伏してしまった。なおも、頭をもたげようとして四肢をもがくように動かしたが、伏臥したままだった。

いっときすると、権造の体が動かなくなった。絶命したのか、呻き声も息の音も聞こえなかった。どっぷりと血を吸った着物から、地面に血の滴り落ちる音がかすかに聞こえるだけである。

「だ、だれが、権造を……」

嘉吉が声をつまらせて言った。顔がこわばり、目がつり上がっている。

「知るかい」

朴念の顔が憤怒で赭黒《あかぐろ》く染まっていた。苦労して追いつめた獲物を脇から奪われたような気分だった。

「ちくしょう！　おれを虚仮《こけ》にしやがって」

朴念が吼《ほ》えるような声を上げ、手甲鉤を力まかせに横に払った。

鋭い四つの鉤が唸りを上げて、夕闇を切り裂いた。

第二章　敵影

1

「安田さん、また、来ますよ」

右京はそう言って、上がり框《かまち》から腰を上げた。

庄助長屋である。右京はどこで手に入れたのか、錆《さ》びた刀を持参し、名刀かもしれませんので、研いでみてください、そう言って、平兵衛に刀を渡した。むろん、刀の研ぎは口実で、まゆみに逢いに来たのである。

まゆみは右京のために茶を淹《い》れ、平兵衛のそばに座って黙って男ふたりの話に耳をかたむけていた。まゆみは嬉しかった。右京が同じ屋根の下にいて、父と親しそうに話してるのを見るだけで満足だった。

「片桐さん、やはりこの刀を研ぎますか」

平兵衛は一見して鈍刀と分かっていた。研いだところで、腰に差して歩けるような代物《しろもの》にはならないだろう。

「暇《ひま》なときで結構ですよ。また、様子を見にきます」

右京も、刀などどうでもよかったのだ。研ぎ具合を口実にして、まゆみの顔を見に立ち寄りたかったのである。

「そうしてくれ」

平兵衛とまゆみは、右京を戸口まで送って出た。

鬼灯《ほおずき》のような陽が、家並の向こうに沈みかけていた。西の空は淡い茜《あかね》色に染まっている。庄助長屋は賑やかだった。長屋の住人の声にまじって、水を使う音、障子をあけしめする音、長屋の前を子供が駆けまわる音などが、あちこちから聞こえてくる。

暮れ六ツ前だった。ぼてふり、出職の職人、手間賃稼ぎの大工など、外で働く亭主たちが長屋に帰り、女房連中は夕餉《ゆうげ》の支度を始めている。一日のなかで、長屋が一番賑やかなときなのだ。

「まゆみどの、また、寄らせてください」

そう言って、右京は歩き出した。

「待っています」

ふたりは、それだけ会話を交わしただけで別れた。

右京は長屋の路地木戸を抜けて路地へ出ると、竪川沿いの道へむかった。これから、両国橋を渡って長屋のある神田岩本町へ帰るのである。

竪川沿いの通りへ出て、両国橋の方に歩き始めたときだった。前方で、男の怒鳴り声と女の悲鳴が聞こえた。そばを通りかかった町娘や職人ふうの男などが、声のした方へ駆けて行く。

見ると、遊び人ふうの男がふたり、女の前後に立って恫喝《どうかつ》するような声を上げていた。女が男ふたりに因縁でもつけられたらしい。

助けて！　という女の悲鳴のような声がひびいた。男に腕をつかまれた女が、身をよじって逃げようとしている。

その女からすこし離れて、人だかりができていた。通りかかった者たちが足をとめ、心配そうな顔でことの成り行きを見つめている。

右京は歩調も変えず、男に因縁をつけられている女の方に近寄った。右京はかかわりたくなかったが、帰り道だったのである。

「この女《あま》！　人に突き当たっておいて、ごめんなさい、で済むと思っているのか」

女の腕をつかんでいるのは、痩身で色の浅黒い狐のような顔をした男だった。弁慶格子の単衣を裾高に尻っ端折りしている。

もうひとりは小太りで、丸顔だった。両袖をたくし上げて、二の腕まで見せている。左腕から刺青が覗いていた。何の彫り物なのかは分からない。

「堪忍して」

女は蒼ざめた顔で、つかまれた腕を振りほどこうとしていた。

「勘弁して欲しいなら、一杯つきあえ」

男はにやけた顔で、うす笑いを浮かべている。

そのとき、女がつかまれている腕を急に引いた。すると、どうした加減か、するりと手が抜けた。

女は泳ぐような格好で、通りかかった右京の前に駆け寄ってきた。

「お武家さま、お助けください！」

女は切羽つまった声でそう言うと、右京の背後にまわり込んだ。

右京は足をとめた。ふたりの男が、憤怒の形相《ぎょうそう》で右京の前に立ちふさがったのだ。

「やい！　サンピン、女をこっちへ寄越せ」

狐顔《きつねがお》をした男が、恫喝するような口調で言った。この男が兄貴格らしい。

右京は無言だった。表情のない顔で、ふたりの男を見すえている。

「てめえ、耳がねえのか！　女を渡せと言ってるんだよ」

兄貴格の男が怒鳴り声を上げた。右京は色白で端整な顔立ちをしているせいもあって、どことなく脆弱《ぜいじゃく》な感じがする。そんな右京を、ふたりの男はみくびったのかもしれない。

「どけ」

右京が小声で言った。

「なに」

兄貴格の男が、一歩踏み込んできた。

「そこをどけと言ってるんだ」

右京の声がすこし大きくなったが、ほとんど表情は変わらない。

「な、なんだと！」

兄貴格の男が怒鳴り声を上げ、かまわねえ、こいつをすこし痛い目に遭わせてやれ、とかたわらの小太りの男に言った。

「やろう、張り倒してやるからな」

小太りの男が、握り拳《こぶし》をつくって身構えた。刃物は持っていないようである。

「うるさいやつらだな」

右京は、背後で身を顫《ふる》わせている女に、すこし、離れていてくれ、と声をかけ、刀を抜いた。

「お、抜きゃァがったぜ」

兄貴格の男の顔がこわばった。さすがに、右京の手にした刀を見て怖くなったようである。小太りの男の顔にも恐怖の色が浮いている。

「すこし、痛い目に遭わせてやろう」

そう言うと、右京は刀を峰に返した。斬るまでもないと思ったのだ。

「や、やろう――」

兄貴格の男は、踵《きびす》から下がり始めた。かかってくる気はないようである。拳を構えた小太りの男も同じだった。恐怖の色を浮かべたまま後じさっている。

「やる気があるなら、かかってこい」

そう言って、右京が刀を上段に構えると、

「ちくしょう、覚えてやがれ！」

と、兄貴格の男が捨て台詞を残して逃げだした。これを見た小太りの男も踵を返し、慌てて走りだした。

「口ほどにもないやつらだ」

右京は静かに納刀した。何か、肩透かしを食ったような気がした。凄《すご》んでいた割には、ふたりの男が呆気なく逃げだしたからである。

「お、お侍さま、ありがとうございました」

女が震えを帯びた声で言った。顔が、まだ蒼《あお》ざめている。恐怖が、まだ残っているのかもしれない。

右京は女の顔を見た。色白の年増だった。面長で鼻筋がとおっている。垢抜けた感じのする美人だった。着物も上物のようである。町人だが、商家の娘には見えなかった。料理屋か船宿の若女将といった感じである。

「女、案ずることはない。ふたりは逃げた」

そう言って、右京が歩き出すと、

「お待ちください」

と言って、女が後を追ってきた。

「あのふたり、どこかで待ち伏せしているかもしれません」

女は眉宇《びう》を寄せて、怯《おび》えたような表情を見せた。

「うむ――」

その可能性がないとは言えなかった。

「お侍さまは、どちらへおいでになるのでしょうか」

女が訊いた。

「岩本町だが」

「わたし、豊島《としま》町です。途中まで、ごいっしょさせていただくわけには、まいりませんでしょうか」

女は訴えるような目で右京を見た。

「かまわん」

岩本町は、豊島町の先だった。豊島町まで、同じ道筋である。

右京が歩き出すと、女はすぐ後ろから寄り添うようについてきた。

「女、名は？」

右京が訊いた。

「ふさです。お侍さまは？」

「片桐右京」

右京は名を隠さなかった。

右京とおふさが、歩き出すと、路傍に立ってことの成り行きを見守っていた野次馬たちも歩きだし、往来はいつもの人の流れにもどった。

ただひとり、路傍に立ったまま去っていく右京とおふさの後ろ姿を見送っている娘がいた。まゆみである。

まゆみは右京が部屋を出た後、平兵衛に、

「まゆみ、夕餉に焼いた鰯《いわし》でも食べたいな」

と、声をかけられた。

平兵衛はことのほか焼き魚が好物だったが、今日の夕餉に食べたいと思ったわけではない。いま、長屋を出て、竪川沿いにある魚屋まで行けば、右京に追いつき、ふたりだけで話ができるだろう、と娘のために気を利かせたのである。

「はい」

すぐに、まゆみは長屋を出て右京の後を追った。

だが、路地木戸から表通りへ出たとき、右京の姿はなかった。すでに、竪川沿いの通りへ出たようである。

まゆみは小走りになって、竪川沿いの通りへ出た。すると、半町ほど先に人だかりができていた。その人だかりのなかから男の怒鳴り声が聞こえ、ふたりの男に立ち向かっている右京の背が見えた。右京の背後に、女の姿があった。

まゆみは人だかりの方へ走り寄り、野次馬の肩越しに右京に目をむけた。

それから、右京がふたりのならず者を相手にし、女を助けた一部始終を見たのである。まゆみは、ふたりの男が逃げ去ったとき、右京さま、と喉から出かかった言葉を慌てて呑み込んだ。

女と右京が言葉を交わし、ふたりいっしょに歩き出したからである。

——綺麗な女《ひと》。

まゆみは胸の内でつぶやいた。そして、右京といっしょに歩きだした女に、何か大事な物を奪われたような気がして、急に強い不安に襲われた。

まゆみの目に、美しい大人の女に映った。右京の後に寄り添うようについていく女の姿は、まるで右京の妻のようだった。

まゆみは、不安と絶望につつまれたままひとり路傍に立っていた。

・ 2

「まったく、ひでえ話よ。おれと嘉吉の目の前でやられたんだからな」

朴念が、顔を憤怒に赭黒く染めて言った。

極楽屋の飯台のまわりに並べられた腰掛けがわりの空き樽に、朴念、孫八、嘉吉、それに島蔵が腰を下ろしていた。朴念は島蔵たちに、追っていた権造が何者かに目の前で始末されたときの様子を話していたのだ。

店のなかは薄暗かった。ふだんいる男たちの姿はなかった。島蔵に言われて、奥の座敷で飲んでいるらしい。

店の土間の隅に燭台が点《とも》り、島蔵たちの顔をぼんやりと照らし出していた。陰影の濃い男たちの顔には、怒りと疑念の色が刻まれている。

「そいつは、牢人かい」

島蔵が訊いた。

「まちげえねえ」

「刀で斬ったんだな」

「権造が、そいつに斬られるのをこの目で見たぜ」

朴念が言うと、嘉吉が、おれも見た、と言い添えた。

「そいつも殺し人のようだが、須貝を殺ったやつとは別人だな」

島蔵が言った。須貝は、盆の窪を鋭利な物で刺されていたのである。

「得体の知れない殺し人がふたりいるってことですかい」

と、孫八。

「ふたりだけじゃァねえかもしれねえ。そいつら、一匹狼とは思えねえからな。何人かの殺し人をたばねている元締めが、深川や本所辺りに縄張《しま》をひろげてきたのかもしれねえぜ」

島蔵の大きな目が、燭台の火を映して熾火《おきび》のようにひかっている。

「それにしても、妙じゃァねえか。何だって、須貝と権造を殺ったんだい。依頼人から、金が渡っているとは思えねえぜ」

朴念は首をひねった。

「別の依頼人が金を出したと、考えられねえこともねえ。……いずれにしろ、地獄屋の顔に泥を塗ったのは、まちげえねえ。このままじゃァ、いずれ、おれたちのふところは干上がるぜ」

島蔵が憤怒を抑えて低い声で言った。赭黒く怒張した顔は、まさに閻魔《えんま》のような形《ぎょう》相《そう》である。

須貝と権造の殺しは、すぐに江戸の闇世界にひろがるはずだった。当然のことだが、地獄屋より、ふたりを仕留めた殺し人の方が腕が立ち、信頼できるという評判がたつだろう。そうなると、殺しを依頼しようとする者が地獄屋を敬遠するかもしれない。

「このままにしちゃァおけねえぜ」

島蔵が三人に視線をむけながら言った。

「分かっていまさァ」

孫八が言った。

「まず、相手がだれなのか、つかまねえと、手の打ちようがねえ。孫八、嘉吉、相手に気付かれねえように、探ってみてくれ」

「承知しやした」

孫八が言い、嘉吉もうなずいた。

「元締め、おれはどうする？」

朴念が訊いた。

「おめえも、手を貸してくれ」

朴念の風貌は探索に不向きだが、いまはそうも言ってられなかった。島蔵は、このさい極楽屋の総力を上げて、相手の正体をつかむ必要があると思った。孫八、嘉吉、朴念の三人だけでなく、地獄屋を塒《ねぐら》にしている手先も使うつもりだった。他にも繫ぎ役の者がいたのである。

「いいだろう」

朴念は承知した。

「ともかく、油断するなよ。はっきりしねえが、向こうは、おれたちの動きを知っているような気がするんでな」

島蔵はそう言って、飯台の上の猪口に手を伸ばした。さっきから、ほとんど酒を口にしていなかったのだ。

ゆっくりと猪口の酒を飲み干したとき、島蔵の脳裏に、吉左衛門が連れてきた又蔵のことがよぎった。

――あいつも、使ってみるか。

島蔵は、又蔵の腕のほどを知るにはいい機会だと思った。

それから、一刻（二時間）ほど飲んで、朴念たちは腰を上げた。極楽屋を出たのは、朴念と孫八だった。嘉吉は、極楽屋を塒にしていたので、店に残ったのである。

外は満天の星だった。月が、頭上で皓々《こうこう》とかがやいている。風のなかに、潮の匂いと木の香りがあった。極楽屋のある吉永町は江戸湊《みなと》に近く、周辺には木場が多かったのだ。

「だいぶ、涼しくなったな」

朴念が夜空を見上げながら言った。潮風のなかに、秋の訪れを感じさせる涼気があった。酔いで火照った肌には心地よい風である。周囲の空き地や掘割りの土手の叢《くさむら》から、虫の音がすだくように聞こえてくる。

ふたりは掘割にかかる橋を渡り、要橋の方へ足をむけた。右手は仙台《せんだい》堀で、左手は原木を積んだ木場がひろがっていた。辺りに人影はなく、虫の音がやかましいほど賑やかに聞こえてくる。

「おい、だれか、いるぜ」

朴念が声を殺して言った。

前方の積まれた丸太の陰に人影があった。武士らしい。月明りのなかに、大刀を一本落とし差しにした男が立っていた。

「待ち伏せか」

孫八が小声で言った。

こんな場所に、追剥ぎや辻斬りが出るはずはなかった。ふたりを狙っているとしか考えられなかった。

「やつだ!」

朴念が目を剝いて言った。

その体軀と風貌に見覚えがあった。権造を斬った牢人である。

「どうしやす」

孫八が訊いた。

「やるしかねえ。それに、やつはひとりだぜ」

朴念が目をひからせて言った。酔いはふっ飛んでいる。

「おい、もうひとりいるぜ」

孫八が指差した。

さらに、近くの丸太の陰に、黒い人影があったのだ。丸太に身を寄せるようにして、孫八たちを窺《うかが》っている姿は、夜陰に身をひそめて近付く獲物を狙っている野獣のような雰囲気があった。

町人体だった。黒の半纏《はんてん》に黒股引《ももひき》。茶の手ぬぐいで頰っかむりしている。

「おれが、牢人とやる。おめえは、黒ずくめの男を相手にしてくれ」

朴念はそう言いながら、右手に手甲鈎を嵌めた。

二対二。殺し人として、ここで逃げるわけにはいかない、と朴念は思ったのである。

「分かったぜ」

孫八はふところに右手をつっ込んだ。匕首《あいくち》を呑んでいるのだ。孫八は匕首の遣い方が巧みである。

牢人体の男が、ゆっくりとした足取りで通りへ出てきた。その動きと呼応するように、町人体の男が木場のなかをまわり、孫八たちの後ろへ立った。ふたりで、逃げ道をふさぐつもりらしい。

牢人体の男は痩身だった。夜陰のなかで、双眸が底光りしている。両腕をだらりと垂らして立っているが、その身辺にはするどい殺気がただよっていた。

朴念と孫八は足をとめた。そして、孫八が踵を返し、背後から来る町人体の男と相対した。

町人体の男は小柄だった。人相は分からないが、いかにも敏捷《びんしょう》そうだった。体は柔らかそうだが、胸には厚い筋肉がついている。まだ、何の武器も手にしていない。

「おれたちに何か用かい」

朴念が牢人を見すえて訊いた。

「うぬら、ふたりを斬る」

牢人が言った。低いくぐもった声である。

「おめえら、おれたちが地獄屋の者と知って、仕掛けてきたのかい」

「さァな」

牢人は、ゆっくりとした動作で抜刀した。

そのとき、孫八は黒ずくめの男と対峙《たいじ》していた。男の手にしているのは、一尺余の脇差だった。帯の後ろに差していたらしい。

男は胸のあたりに脇差を構えていた。そのまま体ごと突いてくる気配があった。頬っかむりした手ぬぐいの間から覗いている目が、餓狼のようにひかっている。

――こいつも、殺し人にまちげえねえ。

孫八は察知した。

男の身辺には、殺し人特有の陰湿な殺気がただよっていたのだ。

「行くぜ!」

男は、すこし背を丸め、抜き足で間合をつめてきた。

3

牢人は八相に構えた。腰をすこし沈め、切っ先を後ろにむけて刀身を寝かせている。その構えには、獲物に飛びかかる寸前の猛獣のような気配があった。

——遣い手だぜ！

朴念は身震いした。全身が粟立《あわ》っている。

牢人は尋常な遣い手ではなかった。それに、これまで何人もの相手を断ってきたであろう、凄みが身辺にただよっている。

——だが、やるしかねえ。

朴念は手甲鉤を嵌めた右腕を前に突き出すように身構えた。手甲鉤が月光を反射《はね》て、黒びかりしている。

「そんな物で、おれの相手をするつもりか」

牢人の口元に揶揄《やゆ》するような笑いが浮いた。

「やってみなけりゃァ分からねえぜ。おめえの顔をひっ掻いてやるから、かかってこい」

「その前に、おまえの首が飛ぶ」

言いざま、牢人が動いた。

足裏で地面を擦るようにして、間合をつめてくる。足元で、ザッ、ザッ、と叢を分ける音がした。

牢人との間合が狭まるにつれ、朴念は息のつまるような威圧を感じた。牢人の体が大きく見え、眼前に迫ってくるようである。

牢人が一足一刀の間境《まざかい》の手前まで間合をつめてきた。刀身が月光を反射《はね》て、猛獣の牙《きば》のようにひかっている。

そのとき、朴念が、イヤァッ！　と、凄まじい気合を発した。気当《きあ》てだった。気合で己を鼓舞するとともに、相手を竦《すく》ませて構えをくずそうとしたのである。

だが、牢人の構えはくずれなかった。表情も動かさず、間合をつめてくる。

牢人の右足が斬撃の間境にかかった。

刹那《せつな》、牢人の体がふくれ上がったように見え、稲妻のような殺気が放射された。

ふいに、牢人が疾走した。

タアッ！

鋭い気合とともに、牢人の肩口から閃光がはしった。

八相から袈裟《けさ》へ。迅雷《じんらい》のような斬撃だった。

オオッ！

朴念が吼え声を上げて、手甲鈎を振り上げた。

甲高《かんだか》い金属音がひびき、朴念の黒い手甲鈎から青火が散った。牢人の斬撃を手甲鈎で受けたのだ。

次の瞬間、ふたりは体を交差させ、大きく間合を取って反転した。

と、牢人が八相に構えて、ふたたび疾走した。夜走獣のような俊敏な動きである。

ザザザッ、と叢を分ける音がひびいた。

「きやがれ！」

朴念は手甲鈎を顔の前に突き出し、首をすくめた。牢人の斬撃を受け、さらに手甲鈎をふるって敵の顔面を爪で切り裂くつもりだった。

タアッ！

走りざま、牢人が八相から袈裟に斬り込んできた。するどい斬撃である。

オオッ！　と声を上げ、朴念は手甲鈎を頭上に突き出して、牢人の斬撃を受けた。

甲高い金属音とともに青火が散り、牢人の刀身が撥ね上がった。

次の瞬間、牢人の刀身が弧を描き、朴念の手甲鈎が唸《うな》りを上げて振り下ろされた。

一瞬の反応である。

だが、朴念の手甲鈎は虚空を切り裂いただけだった。

瞬間、朴念の右の二の腕に衝撃がはしった。

牢人が脇へ跳びざま、二の太刀を横に払ったのだ。神速の連続技である。

ザクリ、と朴念の二の腕が裂け、太い腕から血がほとばしり出た。

ウオオッ！

突然、朴念は獣の咆哮のような気合とも絶叫ともつかぬ声を上げ、叢のなかを疾走した。

——ここは、逃げるしかねえ！

と、思ったのである。

近くに極楽屋がある。そこまで逃げれば、助かるはずだ。

朴念の巨体が、雑草におおわれた木場のなかを疾走していく。凄まじい勢いで、朴念は走った。まさに、手負いの巨獣である。

牢人が追ってくる。牢人の足も速かった。ふたりの足元で叢を分ける音がひびき、闇が流れ、虫の音が背後に飛ぶ。

孫八は、朴念の獣の咆哮のような声を聞いて視線をやった。目の端に、疾走する朴念の姿が映った。

——旦那は逃げる気だ！

孫八は察知した。

そして、自分も逃げねば助からないと思った。すでに、孫八は男と一合し、脇腹を脇差で突かれていた。幸い、かすり傷だったが、次は男に腹を刺されるかもしれない。自分の匕首では、男の脇差にかなわないと感じ取っていたのだ。

男は殺気を放ちながら、ジリジリと間合をつめてきた。

「やろう！　これでも喰らえ」

叫びざま、孫八は手にした匕首を男の顔面にむかって投げた。

一瞬、男は驚いたような顔をして足をとめ、手にした脇差をふるった。まさか、孫八が匕首を投げるとは思わなかったにちがいない。

キーン、という金属音がひびいて、匕首が虚空に飛んだ。

孫八は反転して駆けだした。全速力である。男に追いつかれたら命はないのだ。

「逃すか！」

一声上げて、男も駆けだした。

ザザザッ、と叢を分ける音が夜陰にひびき、孫八と男の黒い姿が木場のなかを疾走していく。

孫八は土手を駆け下りて、仙台堀のなかへ逃げようと思った。浅瀬を堀伝いに走れば、極楽屋のすぐ前まで行ける。極楽屋に飛び込めば、島蔵や多くの仲間がいるのだ。

孫八と後ろの男との間はつまらなかった。足は速いようだが、脇差を手にしているため走りにくいのであろう。

孫八は仙台堀の岸際に盛り上げられている土手を駆け上がった。

と、堀際の蘆荻《ろてき》をガサガサと掻き分け、水辺に迫っていく巨体が見えた。朴念である。朴念も、孫八と同じことを考え、仙台堀に逃げようとしているのだ。

走りながら辺りに目をやると、すこし離れた土手の上に牢人体の人影が見えた。朴念とやり合っていた牢人である。立ったまま、逃げる朴念に目をやっていた。水のなかまで、追っていくつもりはないようだ。

孫八は一気に土手を駆け下り、蘆荻のなかに身を躍らせた。そして、丈の高い蘆荻を両手で掻き分け、水辺へむかった。浅瀬まで踏み込むと、バシャバシャと水を蹴って、極楽屋の方へ走った。

後を追ってくる水音は聞こえなかった。町人体の男も、土手をすこし下ったところで、足をとめていた。蘆荻のなかまで踏み込んでくる気はないようだ。

——助かった！

孫八は、走るのをやめて歩きだした。

すこし歩くと、前方の水辺につっ立っている朴念の姿が見えた。

「やつら、あきらめて帰っていくぞ」

朴念が土手を見上げながら言った。

月明りに浮かび上がった朴念の姿を見ると、黒羽織と小袖が裂け、右の二の腕がどす黒い血に染まっていた。

「旦那、やられたのか」

孫八が訊いた。

「なに、かすり傷だ」

朴念は右肩をまわして見せた。腕は動くようである。

「それにしても、ひでえ顔だ」

孫八があきれたような顔で言った。大きな顔がひっ掻き傷だらけである。蘆荻のなかを掻き分けてきたとき、傷を負ったようだ。熊のような顔である。

「おまえも、似たようなものだ」

朴念が苦笑いを浮かべながら言った。

そう言われれば、顔中ヒリヒリと痛んだ。蘆荻のなかの茨《いばら》で、皮膚を裂かれたのであろう。

「孫八、極楽屋で一杯やりなおそう」

「そうだな」

ふたりは、水辺を歩きだした。岸には上がらず、そのまま浅瀬をたどって極楽屋の前まで行くつもりだった。

4

吉左衛門は、一吉の帳場で算盤《そろばん》をはじいていた。今月の店の儲《もう》けを算出していたのだが、勤めている包丁人や女中たちに月の手当を払うと、ほとんど儲けはなかった。客の入りがそれほどでもなかったのだ。

——ま、とんとんならいいとしますかね。

吉左衛門は苦笑いを浮かべて、算盤をしまった。

それほど気にはならなかった。店の儲けはなくとも、吉左衛門は肝煎屋としての裏の稼業があったからである。

そのとき、せわしそうに廊下を歩く足音がし、帳場の障子があいた。顔を見せたのは、女中のお政《まさ》だった。

「旦那さま、青木《あおき》屋さんと名乗る方が、旦那さまにお会いしたいと言ってますけど」

お政の顔に、不安そうな表情があった。

「お政さん、何かありましたかな」

吉左衛門は、客が何か因縁でもつけたのではないかと思った。めずらしいことではなかった。料理に小石が入っていたとか、女中の態度が悪いとか、些細《ささい》なことで難癖をつける客がいるのである。なかでも、困るのは悪酔いして、からんでくる客だった。酔いが醒《さ》めるまで、何を言っても聞く耳をもたないのだ。

「いえ、旦那さまに話があると伝えてくれ、と言っただけです」

客から、苦情を言われたのではないらしい。

「行ってみましょう」

吉左衛門は、殺しの依頼にきたのではないかと思った。なかには、憎悪や苦悶を心の内にしまい切れず、思いつめたような顔をして、店にくる者もいないことはないのだ。そんな客の様子を見て、お政は不安を覚えたのかもしれない。

廊下を歩きながらお政に訊くと、その客はふたりで、二階の萩《はぎ》の間にいるという。初めての客だが、すこし値段が張ってもいいから、静かな部屋を頼みたいと言われ、萩の間に案内したという。

「どんな、客でした」

「大店《おおだな》の旦那ふうでした」

お政はそう言って、眉宇を寄せた。

「客に何か言われたのか」

大店の旦那なら、お政が不安を覚えるようなことはないはずである。

「いっしょの方が怖《こわ》い目をして、あたしを睨《にら》んだので……」

そう言うと、お政は首をすくめて身を顫《ふる》わせた。

「お政の気のせいではないのか」

吉左衛門は、苦笑いを浮かべて言った。

そんなやり取りをしている間に、萩の間の前まで来ていた。お政は障子をあけ、旦那さまをお呼びしました、と声をかけると、お辞儀をして座敷から出ていった。自分がいては、おりいった話ができないだろう、と気をきかせたつもりなのだろう。

座敷には、ふたりの男が酒肴の膳を前にして座っていた。

正面に座している大柄な男が、商家の旦那ふうだった。四十がらみ、頬がふっくらして目が細かった。温和そうな顔付きの男である。

「一吉のあるじ、吉左衛門にございます」

吉左衛門は障子を入るとすぐに膝を折り、正面の大柄な男に頭を下げてから名乗った。

「さ、こちらへ。そこでは、話が遠過ぎる」

大柄な男は、こぼれるような笑みを浮かべて言うと、右手に座るよううながした。

――殺しの依頼ではないようだ。

と、吉左衛門は直感した。

笑みを浮かべて、殺しの依頼をする者はいないのだ。

「では、失礼いたします」

吉左衛門も、大柄な男の脇に座った。

すると、すぐ前にもうひとりの男が見えた。男は刺すような目で、吉左衛門を見すえたまま ちいさく頭を下げた。何も言わなかった。

――お政が怖がっていたのは、この男だな。

三十がらみ、剽悍《ひょうかん》そうな男だった。猛禽《もうきん》のような目をし、残忍そうな薄い唇をしていた。面長で、顎がとがっている。

——素人《しろうと》じゃァねえな。

吉左衛門は、笑みを浮かべたまま胸の内でつぶやいた。男の身辺には、残忍で陰湿な雰囲気がただよっていた。多くの修羅場《しゅらば》をくぐってきた血なまぐさい臭いが感じられる。

「お話の前に、お名前をうかがってもよろしいでしょうか」

吉左衛門が、おだやかな声で訊いた。

「いいですとも、てまえは青木屋のあるじの富蔵《とみぞう》。こちらは、番頭の伊勢吉《いせきち》でございます。もっとも、昨日は白木《しろき》屋のあるじの伊勢蔵《いせぞう》と名乗り、番頭さんが、富蔵と名乗りましたがね」

大柄な男は、笑みを浮かべたまま言った。店名も名も口から出任せの嘘だと言っているのである。

ただ、吉左衛門を見つめた細い目は笑っていなかった。切っ先のようなするどいひかりを宿している。

「さようでございますか。では、富蔵さんに、お話をうかがいましょうかね」

吉左衛門は、おだやかな声のまま言った。

ふたりの男が、ただの客ではないとすぐに分かった。おそらく、吉左衛門が肝煎屋と知っての上で、乗り込んできたのであろう。

「肝煎屋さんに、お願いがあるんですよ」

大柄な男が言った。

やはり、吉左衛門を肝煎屋と知っている。

「願いとは？」

「どうでしょうか。今後、地獄屋さんではなく、わたしどもに殺しの依頼をまわしてもらうわけにはいきませんかね」

大柄な男が、低い声で言った。顔の笑いが消えている。頬のふっくらした目の細い顔に異様な凄みがあった。やっと、本性をあらわしたようだ。

「富蔵さんが、どんな方か存じませんので、返事のしようがありませんな」

吉左衛門は腹のなかで、

――てめえらに、話を持っていくつもりはねえ。

そう毒づいたが、顔にはあらわさなかった。

「いえ、吉左衛門さんは、もうわたしらのことをよく知っていると思いますよ」

大柄な男は、また顔に笑みを浮かべた。脇に座している男は、表情も変えずに虚空を見つめている。

「どういうことです」

吉左衛門は、男が何を言っているのか分からなかった。

「須貝孫十郎と権造を始末したのは、わたしどもなんですよ」

「な、なに！」

吉左衛門の顔色が変わった。

――この男は、殺し人の元締めではないか。

と、吉左衛門は直感した。脇にいる男は、殺し人のひとりかもしれない。

「吉左衛門さん、勘違いなさらないように言っておきますがね。てまえは、元締めではありませんよ。ただの使いです」

「では、元締めはだれです」

吉左衛門が訊《き》いた。江戸の闇世界で幅をきかせている男なら、名前を聞いたことがあるはずである。

「いまは言えませんね。それに、名を聞いたら、吉左衛門さんでも、震え上がりますよ」

大柄な男は、愉快そうに顔をほころばせた。

「では、その元締めに話してもらいましょうか」

「なんです？」

大柄な男が訊いた。

「よくご存じだと思いますが、この世界には掟《おきて》がありましてね、他人の受けた殺しに横槍を入れないというのも、そのひとつですよ」

吉左衛門は、胸の動揺を抑えて言った。

「そうおっしゃるなら、わたしどもからも言っておきましょう。この世界の掟は、わたしどもが決めるんです」

男の低い声に、凄みがくわわった。

「勝手な言い分だな。……いずれにしろ、鳶《とんび》が油揚をさらうような真似はしてもらいたくないですね」

吉左衛門も強い口調で言った。

「もうすこし、物分かりがいいかと思ったが、あんがい融通のきかない男だな。須貝と権造を始末して見せたのは、わたしらに逆らっても無駄だと分からせるためだったんですよ。……その言い分じゃァ、わたしどもに仕事をまかせる気にはなれないようだ」

「そういうことだな」

吉左衛門は、ふたりに対する恐れもあったが、腹立たしさの方が強かった。他人の縄張にいきなり踏み込んできて、勝手な言い分である。

——おれを舐めていやがる！

と、思ったのである。

「後悔しますよ」

そう言うと、恰幅《かっぷく》のいい男が立ち上がった。

つづいて、もうひとりの男も立ち上がり、ふところに右腕をつっ込んだまま恰幅のいい男の脇に立った。身辺に緊張がある。ふところに匕首でも呑んでいるのかもしれない。

「今夜のところは、このまま帰りますよ」

恰幅のいい男がそう言い置き、もうひとりの男を連れて座敷から出ていった。

5

平兵衛は仕事場の屏風をずらし、流し場に立って洗い物をしているまゆみの背に目をやった。このところ、まゆみは落ち込んでいるようだった。暗い顔をして、考え込んでいるときが多いのだ。

いまも、まゆみは水を張った平桶のなかに手を入れたまま、虚空に視線をとめてぼんやりとしていた。

——片桐さんと、何かあったかな。

まゆみの様子が変わったのは、先日、右京の後を追って出てからである。

まゆみはすぐにもどって来たので、右京との間で揉め事があったとは思えなかったが、そのときからまゆみの様子がおかしいのだ。

——まゆみに訊いてみるか。

平兵衛は、研ぎかけの刀身を布で拭《ぬぐ》って白鞘に納めてから立ち上がった。まゆみのことが気になって、平兵衛も仕事に身が入らなかったのだ。

「まゆみ、元気がないようだが、どこか体でも悪いのか」

平兵衛は上がり框のそばに腰を下ろして訊いた。

「……うん」

まゆみは首を横に振ると、平桶のなかの丼をせかせかと洗い始めた。

「それならいいんだが――。ところで、片桐さんと何かあったのか」

平兵衛は、右京の名を出して訊いてみた。

「なにも」

まゆみは、また首を横に振った。喉がつまったような声である。衝《つ》き上げてきた感情を抑えながら答えたのかもしれない。

「今日、片桐さんと永山堂《えいさんどう》に行くことになっているのだが、何か言伝《ことづて》はあるかな」

実は、まゆみが買い物に出た留守中、島蔵の手先が長屋に姿を見せ、今夕、柳橋の一吉に来て欲しい、との言伝があったのだ。

なお、永山堂は日本橋にある刀屋で、平兵衛は殺しの仕事のおり、永山堂へ行くといって長屋を出ることがあったのだ。

「なにもないけど」

まゆみは肩を落としたまま丼を洗いつづけている。洗い終わったはずだが、無意識に手を動かしているようだ。うつむいているまゆみの横顔は、涙ぐんでいるように見えた。

「なあ、まゆみ、ちかいうちに、片桐さんを誘って三人で、浅草寺《せんそうじ》にでもお参りに行かんか」

平兵衛は、まゆみを元気づけたかったのだ。

「…………」

まゆみは、黙ったままちいさくうなずいただけだった。

――やはり、片桐さんと何かあったようだ。

右京もいっしょに行くと言えば喜ぶはずなのだが、まゆみは困惑したように眉宇を寄せただけである。

「その前に、片桐さんが、ここに顔を出すかもしれんな」

平兵衛はそう言って立ち上がり、まゆみのそばから離れた。それ以上、右京のことで話すことができなかったのである。

それから、一刻（二時間）ほどして、平兵衛は長屋を出るつもりで腰を上げた。まだ、七ツ（午後四時）を過ぎたばかりで、すこし早かったが、まゆみと顔を突き合わせているのが、気まずかったのだ。

「まゆみ、陽が沈んだら心張り棒を忘れるな」

そう言い置いて、長屋を出た。

思ったとおり、一吉にはだれも来ていなかった。平兵衛は案内された二階の奥の座敷で、島蔵たちが来るのを待った。

小半刻（三十分）ほどすると、右京が顔を見せた。平兵衛は吉左衛門が出してくれた茶を飲みながら、右京に声をかけた。

「片桐さん、錆びた刀を持って長屋に来たときだが、まゆみと何かあったのかな」

そう訊いたとき、平兵衛の顔が赤くなった。親ばかもいいところだ、と思ったからである。

「いえ、何も……。まゆみどのが、どうかされたんですか」

右京が怪訝《けげん》な顔をして訊いた。

「い、いや、何も……」

平兵衛は声をつまらせた。さらに顔が赤くなっている。いい歳をして、わしは何を訊くつもりだ、と思ったが、まゆみのことが胸につかえていて、訊かずにはいられなかったのだ。

「体の具合でも、悪いのですか」

右京が訊いた。

「そうではない。まゆみは、元気だ。……ところで、刀を持ってきた日だが、長屋を出た後、まゆみと会ったのではないのか」

「いえ、会いませんよ」

右京が、驚いたような顔をして言った。

「なに、会わない」

「ええ」

「つかぬことを訊くがな、その後、まゆみと会ったことはないか。通りで顔を合わせたとか……」

「いえ、会っていませんよ」

右京は怪訝な顔をした。

「そうか」

となると、まゆみが落ち込んでいるのは、右京とのことではないようだ。平兵衛もまじえた三人で、長屋で話していたときは、まゆみも右京もいつもと変わった様子はなかったのだ。その後、逢ってないとすれば、ふたりの関係に罅《ひび》が入るようなことはないはずである。

「安田さん、まゆみどのに何かあったのですか」

右京が、また訊いた。今度は右京が気にしているようである。平兵衛の問いに、まゆみに何か異変があったと察知したのであろう。

「いや、何もない。そうだ、片桐さん、ちかいうちに長屋に顔を出してくれんか」

右京とまゆみを会わせれば、何が原因でまゆみがふさいでいるのか、はっきりするだろう。

そんな話をしていると、廊下で足音がし、障子があいた。顔を見せたのは、島蔵と吉左衛門、それに仙三郎《せんざぶろう》という男である。仙三郎は吉左衛門の片腕で、吉左衛門が夜盗だったころからの子分である。いまは、一吉の帳場にいることが多かった。番頭のような立場で、店の切り盛りに手を貸している。

三人の顔はいつになくけわしかった。ふだんは、温和な表情を浮かべている吉左衛門も、肝煎屋らしい凄みをあらわにしていた。

「待たせましたな」

それでも、吉左衛門はおだやかな声で言って、あいている座布団に腰を下ろした。

三人が座すとすぐ、女中が茶を運んできた。

「酒は、話がすんでからにしてくれ」

島蔵が平兵衛と右京に視線をむけて言った。島蔵にしてはめずらしいことだった。

それだけ、重大な話なのだろう。

6

「ところで、朴念と孫八は？」

平兵衛が訊いた。島蔵といっしょに、ふたりも来ると思っていたのだ。

「朴念は腕を斬られてな。店に置いてきたのだ」

島蔵が渋い顔をして言った。

「斬られただと？」

「ま、たいした傷ではないがな。店からの帰りに襲われたらしいのだ」

島蔵は、極楽屋からの帰りに朴念と孫八が襲われた経緯を話した。

「そのふたり、腕が立つようだな」

平兵衛が言った。

島蔵によると、牢人と鳶《とび》のような格好をした男だという。ふたりは、朴念と孫八より腕は上ということになる。

「ふたりとも、殺し人らしい。牢人は、権造を斬った男だそうだ。もうひとりは、一尺余の脇差を遣ったそうだよ」

「すると、須貝を仕留めたやつとはちがうようだな」

無言で聞いていた右京が、口をはさんだ。

脇差では、須貝の盆の窪にあったような傷は生じない、と右京は読んだらしい。

「そうなるな。……牢人、鳶のような格好をした町人、それに須貝を仕留めたやつ。これまでに分かっているだけで、三人か」

平兵衛がそう言うと、

「そのことだがな。三人の殺し人を遣っている元締めらしき男が、この店に姿を見せたようなのだ」

島蔵が、おめえさんから話してくれと言って、吉左衛門に顔をむけた。

「分かった。おれから話す」

吉左衛門は、三日前のことだが、と前置きし、ふたりの男が店に来たときの様子をかいつまんで話した。

「そいつらの狙いは、何なのだ」

右京が訊いた。

「ここで話していったとおり、地獄屋に替わって殺しの仕事を一手に握ろうという魂胆だろうな」

「朴念と孫八を狙ったのは？」

「やつら、おれたちから仕事を奪うだけでは、気がすまないんだろうよ。皆殺しにしねえとな」

島蔵の顔が憤怒で赭黒《あかぐろ》く染まった。牛のような大きな目が、底びかりしている。

「となると、わしや片桐さんの命も狙ってくるというわけか」

平兵衛が言った。

「それだけじゃァねえぜ。おれも肝煎屋も、いつ、そいつらに襲われるかしれねえんだ」

「うむ……」

平兵衛は、強敵だと思った。それも、ひとりやふたりではない。敵の元締めは腕の立つ殺し人を何人もかかえているようなのだ。

「それで、元締めに思い当たる者はいないのか」

右京が訊いた。

「ない、もっとも、この店にあらわれたのは、使いだそうだ。……そいつが言うには、名を聞けば、震え上がるそうなので、名が分かれば正体も知れるだろうよ」

島蔵が低い声で言った。

次に口をひらく者がなかった、座は重苦しい沈黙につつまれている。

障子の隙間から風が入ってくるらしく、座敷の隅に置かれた燭台の炎が揺れ、男たちの顔の陰影を乱していた。

「むこうが仕掛けてくるのを、待っている手はあるまい」

右京が抑揚のない声で言った。

「おれたちも、そう思ってな。ふたりでここに来たのだ」

そう言って、島蔵が吉左衛門に顔をむけると、

「そのとおりだ」

吉左衛門がけわしい顔でうなずいた。

「安田の旦那と片桐の旦那に、殺しを頼みてえ。依頼人はおれと肝煎屋だ。むろん、ふたりだけじゃァねえ。朴念も孫八もやってくれるはずだ。地獄屋にくすぶっているやつらも使う。地獄屋の総力を上げてやらねえと、太刀打ちできねえ相手だからな」

島蔵が語気を強めて言った。

「で、だれを始末すればいい」

平兵衛も、やるしかないと思った。自分も命を狙われているのである。相手を斃《たお》す

より、己の生きる道はないのだ。こうしたことも、殺し人のさだめ　運命なのである、

「まず、三人。牢人、鳶のような町人、須貝を仕留めたやつ」

島蔵がそう言うと、

「それに、この店に来たふたり」

吉左衛門が言い添えた。

「最後に、そいつらを束ねている元締めだな。やつらを皆殺しにするか、おれたちが皆殺しにされるか。やるしかねえんだ」

島蔵が、ふところから袱紗《ふくさ》包みをつかみだし、

「今度は、ひとり頭いくらというわけにはいかねえ。相手は何人なのか、まだはっきりしねえからな。ともかく、百両でこの仕事を受けてくれ」

そう言って、平兵衛と右京の膝先に切り餅を四つずつ置いた。切り餅ひとつで二十五両、四つで百両である。

「承知した」

右京が無造作に切り餅をつかんだ。

「わしも受けよう」

島蔵の言うとおり、敵の殺し人と元締めを斬るより生きる道はないのである。

「ところで、又蔵はどうしている」

吉左衛門が島蔵に訊いた。

「今度の件で、使ってみるつもりだ」

島蔵はとりあえず、殺し人としてではなく敵の塒《ねぐら》をつかむための探索に使ってみようと思っていた。

「そうしてくれ。それから、仙三郎も繋ぎに使ってくれ」

吉左衛門がそう言うと、黙って話を聞いていた仙三郎が、

「あっしが、元締めたちと親分の間を繋ぎやす」

と言って、島蔵や平兵衛たちに頭を下げた。

仙三郎は、店の奉公人の立場を離れたこうした場では、吉左衛門のことをむかしどおり親分と呼んでいた。

「これで、話はついた。……酒を頼むか」

島蔵が吉左衛門に目をやった。

第三章　品川弥左衛門《しながわやざえもん》

1

深川今川町。仙台堀沿いに二階建ての船宿があった。その店の二階の座敷に、六人の人影があった。一吉で富蔵と名乗った大柄な男、番頭の伊勢吉と名乗った男、朴念と孫八を襲った牢人と町人、それに須貝を仕留めた女と狐のような顔をした男である。

富蔵の本名は万蔵《まんぞう》。この場の頭格である。

伊勢吉は、般若《はんにゃ》の利助《りすけ》と呼ばれる殺し人のひとりだった。武器《えもの》は匕首。背中に般若の刺青があることから、そう呼ばれている。

牢人の名は氷影柳三郎《ひかげりゆうさぶろう》。凄腕の殺し人である。

氷影といっしょに朴念たちを襲った町人の名は、脇差の利根造《とねぞう》。やはり殺し人のひとりだった。

須貝を仕留めた女の名はおえん。右京に言い寄った女で、仲間内では首刺しのおえんと呼ばれていた。やはり殺し人である。

狐の顔をした男は敏造《としぞう》。この男はおえんの情夫《いろ》で、殺し人ではなかった。おえんの手助けや繋ぎ役をしていた。

六人は座敷の思い思いの場所に端座したり、胡座《あぐら》をかいたり、柱に背をもたせかけたりして話していた。仙台堀に面した障子があけられ、水面を渡ってきた涼しい風が流れ込んでいる。

「地獄屋の殺し人は四人か」

万蔵が言った。

「腕の立つのは、三人だな」

利根造が、安田、片桐、朴念の名を上げた。

「孫八はどうだ」

万蔵が訊いた。

「匕首を遣うのはうめえが、たいした腕じゃァねえ。おれが、近いうちに仕留めるぜ」

そう言って、利根造は口元にうす笑いを浮かべた。顎《あご》に刀傷があった。丸顔で目が糸のように細い。その目が蛇《くちなわ》のようにひかっている。

「安田と片桐は、腕が立つようだぞ」

氷影がくぐもった声で言った。

総髪で面長。顎がとがり、鼻梁が高い。肌が生気のない土気色をし、陰湿な感じのする男だった。

「片桐は、あたしが仕留めるよ。すでに、敏造とふたりで手をつけてるからね。あたしの針の餌食《えじき》になるのも、じきだよ」

おえんは、先のとがった細い棒のような武器を針と呼んでいた。

「安田はおれがやろう」

氷影がつぶやくような声で言った。

「それじゃァ、あっしは島蔵をやりますかね」

黙って聞いていた利助が言った。

「島蔵は後でいいぞ。安田や片桐たちが片付いてから、ゆっくり料理すりゃァいい」

万蔵が、利助には、別に頼みてえやつがいる、と言い添えた。

「だれです」

「肝煎屋の片腕に、仙三郎ってえやつがいる。そいつを片付けてくれ。肝煎屋のやろうを、震え上がらせてやるのよ。嫌でも、おれたちの言うことを聞くようにな」

そう言って、万蔵がうす笑いを浮かべた。

「ところで、元締めはまだですかい」

利根造が訊いた。

「いずれ、ここにも顔を出すはずだが、その前に地獄屋のやつらだけは、始末してえ」

万蔵が、そう言うと、

「元締めが来ないと、前金はいただけねえんですかい。ちょいと、ふところが寂しくなってきやしたんでね」

敏造が、狐顔にうす笑いを浮かべて言った。

「いや、今日、ここに集まってもらったのは、おめえさんたちに前金を渡すためもあったんだ」

万蔵が、待ってくれ、と言って、腰を上げた。

万蔵は座敷の隅にあった小簞笥《だんす》の引き出しをあけ、袱紗《ふくさ》包みを取り出すと、座敷のなかほどにもどってきた。

「とりあえず、こいつを一つずつ渡しておく」

　そう言って、袱紗包みをひらいた。なかに、切り餅が六つあった。

「利助、分けてくれ」

「へい」

　利助が立ち上がり、五人の膝先に切り餅をひとつずつ置いた。

　敏造が、袱紗の上にひとつだけ残った切り餅に目にして、

「そいつは、旦那の取り分ですかい」

　と、万蔵に訊いた。

「おい、忘れてるのか、玄十《げんじゅう》を」

　万蔵が低い声で言った。

「そうだ、寝返りの兄いがいやした」

　敏造が首をすくめながら言った。

　この場にいなかったが、寝返りの玄十と呼ばれる殺し人がいたのである。敵に味方していると見せて近付き、動向を探ったり、隙をついて殺すことから寝返り玄十と呼ばれていたのだ。

　万蔵がひきいている殺し人は、五人ということになる。

　般若の利助

脇差の利根造
首刺しおえん
牢人の氷影柳三郎
寝返り玄十

ただ、玄十は敵に接近して内情を探ることが主で、殺しは二の次であった。それに、敏造もいるが、敏造はあくまでもおえんの助太刀である。そうみると、純粋の殺し人は四人といってもいいだろう。

それに、一味には元締めがいたが、この場には姿を見せていなかった。

「殺し料は、別にひとり頭百両出す。その金は、元締めから出るはずだ。それにな、ここで地獄屋のやつらを始末しちまえば、深川、浅草、神田界隈はおれたちのものになるんだ。そうなりゃァ江戸中が、おれたちの縄張《しま》だぜ」

万蔵が目をひからせて言った。

2

平兵衛は本所石原《いしわら》町を歩いていた。大久保栄助《おおくぼえいすけ》という御家人の屋敷に行った帰りだった。頼まれて研いだ刀を、大久保家に届けに行ったのである。

暮れ六ツ（午後六時）までには、まだ間があるはずだったが、曇天のせいで、通りは薄暗かった。人影もなく、ひっそりとしている。通り沿いには、御家人や小身の旗本の小体な武家屋敷がつづき、軒下や板塀の陰などには薄闇が忍び寄っていた。

平兵衛は石原町を抜け、御竹蔵《おたけぐら》の裏手まで来た。通り沿いは夕暮れ時のように薄暗かった。風がなく、深い静寂が辺りをつつんでいる。

御竹蔵の先に馬場と亀沢町《かめざわ》の家並が見えてきたとき、背後で足音が聞こえた。複数の者が、小走りに近付いてくるようだ。

平兵衛は振り返って見た。三人だった。いずれも武士だが、その身装《みなり》から牢人と見てとった。三人とも小袖によれよれの袴姿だった。ひとりは総髪、他のふたりは遠目にも月代《さかやき》や無精髭《ぶしょうひげ》が伸びているのが分かった。三人のなかには、大刀一本だけを落とし差しにしている者もいた。

平兵衛は、歩調を変えずに歩いた。三人が、平兵衛を狙っているとは思わなかったのだ。

この日、平兵衛は小袖に軽衫《かるさん》。愛用の刀、来国光《らいくにみつ》を腰に帯びていた。長脇差のように見える。

来国光の刀身は一尺九寸。定寸の刀より三、四寸は短い。平兵衛は小太刀《こだち》の動きを取り入れるため、刀身を截断してつめたのである。

平兵衛の身につけた剣術は、金剛流《こんごう》である。金剛流は富田《とだ》流小太刀の流れをくむ一派で、その刀法のなかに、小太刀の動きや太刀捌《さば》きが多くとりいれられていた。

さらに、平兵衛は「虎《とら》の爪《つめ》」と称する必殺剣を身につけていた。虎の爪は、小太刀の寄り身を生かし、実戦を通して工夫した一撃必殺の剣である。

刀身を左肩に担ぐように逆八相に構え、そのまま敵の正面へ鋭く身を寄せる。敵は見慣れぬ構えと、平兵衛の気魄《きはく》に戸惑い、一瞬反応が遅れる。

一気に間合をつめられた敵は、身を退《ひ》くか、真っ向に斬り込むしかなくなる。

敵が退けば、さらに踏み込み、真っ向に斬りこんでくれば、逆八相から撥ね上げて敵の斬撃をはじきざま、袈裟に斬り落とすのである。

敵の右肩に入った一撃は、鎖骨と肋骨を截断して左腋へ抜ける。敵のひらいた傷口から、截断された骨が猛獣の爪のように見えることから、虎の爪と呼ばれていたのである。

「待て、待て!」

背後に迫った牢人が声をかけた。

「わしか」

平兵衛は立ちどまって振り返った。

すこし背がまがり、小袖に軽衫姿の平兵衛はいかにも頼りなげな老爺だった。だれも、凄腕の殺し人とは思わないだろう。

「おまえしか、他におるまい」

大柄で髭の濃い赤ら顔の男が、揶揄《やゆ》するように言った。

「それで、何の用かな」

三人とも見覚えはなかった。まさか、辻斬りではないだろう。追剝ぎとも思えない。みすぼらしい老爺が、金を持っていると思うはずがないのである。

「おまえの命をもらうのよ」

赤ら顔の男が、口元にうす笑いを浮かべて言った。

すると、他のふたりが平兵衛の左右にまわり込んできた。中背と長身の男だった。ふたりの顔にも、嘲笑が浮いている。平兵衛を馬鹿にしているようである。

「わしを斬るつもりか」

平兵衛が驚いたように言った。

「悪いが、おまえの首を五両で請け負ったのでな」

赤ら顔の男が、言いざま抜刀した。

つづいて、左右の男も抜き、切っ先を平兵衛にむけた。

「ま、待て、人違いではないのか」

平兵衛は狼狽《ろうばい》したように後じさりながら言った。

「人違いではない。五両のためだ。運が悪かったと思って、あきらめな」

赤ら顔の男が青眼に構えたまま、一歩踏み込んできた。

「よ、よせ」

言いざま、平兵衛はすばやく三人の構えに目をやった。

いずれもたいした腕ではなかった。切っ先が揺れ、腰が浮いている。ただ、喧嘩《けんか》慣れしていると見え、真剣で斬り合う恐怖はないようだ。

――一気に、突破するか。

平兵衛は、相手が遣い手でなくとも、三方から斬り込まれたら防ぐのが難しいことを知っていた。

平兵衛は正面の赤ら顔の男の間合を見ながら、来国光を抜いた。

「お、こやつ、抜いたぞ」

赤ら顔の男が声を上げた瞬間だった。

イヤアッ！

突如、平兵衛は裂帛《れっぱく》の気合を発し、逆八相に構えたまま正面の敵にむかって疾走した。俊敏で果敢な寄り身だった。

一瞬、赤ら顔の男は驚愕《きょうがく》に目を剝いて、棒立ちになった。平兵衛の豹変に、度肝を抜かれたのだ。左右の男も同じだった。青眼に構えたままつっ立っている。

ウワッ！

赤ら顔の男が悲鳴とも気合ともつかぬ声を上げ、逃げようとして身を引いた。

そこへ、平兵衛の一颯《いっさつ》がはいった。

ザクリ、と赤ら顔の男の右肩が裂けて、血が噴《ふ》いた。

男は絶叫を上げて、よろめいた。

虎の爪のような深い傷ではなかった。平兵衛は、動きがとまらぬよう、わざと浅斬りにしたのである。

平兵衛は、よろめく赤ら顔の男の脇を走り抜けた。そして、刀身を左肩に担いだまままさらに走った。

左右にいたふたりの男は、動かなかった。平兵衛の俊敏な動きと果敢な斬り込みに圧倒され、動けなかったのである。呆然とした顔でつっ立ったまま、遠ざかっていく平兵衛の背に目をやっていた。

平兵衛は半町ほど走って足をとめ、三人の男が追って来ないのを見ると、大きく息を吐いた。

——だ、だめだ！　息が苦しい。

歳のせいか、走るのはこたえた。喉がふいごのように鳴り、心ノ臓が太鼓のように胸を打っている。

平兵衛は息が収まるのを待って、ゆっくりと歩きだした。辺りは夕闇が濃くなり、平兵衛の姿がその闇のなかに溶けていく。

平兵衛の後ろ姿を見ている者がいた。氷影柳三郎である。

氷影は、牢人たちが仕掛けた場所から十間ほど後方にいた。武家屋敷の築地塀《ついじ》の陰から平兵衛の戦いの様子を見ていたのである。

三人の牢人に平兵衛を狙うよう持ちかけたのは、氷影だった。氷影は利根造に頼み、浅草寺界隈を塒にしている三人の徒《いたずら》牢人を集めてもらった。そして、三人に、飲み代の一両を渡し、年寄りをひとり斬ってくれれば、さらに五両渡す、と言って、平兵衛の斬殺を持ちかけたのである。

むろん、氷影は三人の牢人で平兵衛を始末できるとは思っていなかった。氷影は平兵衛の遣う虎の爪の太刀を見たかったのである。それというのも、平兵衛が虎の爪なる必殺剣を遣い、人斬り平兵衛と恐れられていることを噂に聞いていたからだ。

——あれが、虎の爪か。

氷影は、平兵衛が赤ら顔の牢人を斬った剣をつぶさに見た。

敵の意表をつく、果敢な剣だった。

——だが、恐れるほどの剣ではない。

氷影は、あの男には勝てる、と踏んだ。

3

その夜、平兵衛は夕餉の後、まゆみが淹れてくれた茶を飲みながら、長屋の部屋でくつろいでいた。

まゆみは、行灯《あんどん》のそばで、平兵衛の単衣の繕《つくろ》いをしている。

平兵衛は土間の隅の闇に目をやりながら、三人の牢人に襲われたときのことを思い出していた。

——妙だな。

と、思った。

兄貴格と思われる赤ら顔の牢人は、平兵衛の首を五両で請け負ったと口にしていた。だが、平兵衛には三人が殺し人とは思えなかった。それに、いくら年寄りでも、五両は安すぎる。

——だれかに、頼まれたことは確かだが。

そう思ったとき、平兵衛は、わしの腕を確かめようとしたのかもしれない、と気付いた。となると、三人の牢人に頼んだのは、平兵衛の命を狙っている殺し人ということになる。平兵衛自身よくやることだった。相手の腕のほどが分からないうちは、迂《う》闊《かつ》に仕掛けられないのだ。そのため、何らかの手を遣って、相手の腕のほどを見るのである。

何者かは知れぬが、殺し人のひとりが、平兵衛と三人の牢人で斬り合っている様子を見ていたにちがいない。

——どうやら、わしの命を狙って動き出したようだ。

と、平兵衛は思った。

そのとき、平兵衛の両腕が顫《ふる》えだした。

平兵衛は薄闇のなかに右手をひらいて、目をやった。笑うように顫えている。平兵衛の手は、敵との斬り合いを意識すると決まって顫え出すのだ。異常な気の昂《たかぶ》りと怯《おび》えのためである。これまで平兵衛は多くの修羅場をくぐってきたが、いつもそうだった。真剣勝負を意識すると、激しい興奮と怯えで、手が顫えだすのだ。

——だが、やらねばならぬ。

そう己の胸に言い聞かせて、平兵衛はひらいた右手を強く握りしめた。

そのとき、まゆみが、

「父上、何か心配ごとでもあるのですか」

と、平兵衛に訊いた。

平兵衛が凝《じっ》と闇を見つめて考え込んでいたからだろう。

「いや、何でもない」

平兵衛は、わしより、おまえのことの方が心配だ、と胸の内でつぶやき、

「まゆみ、片桐さんがな、近いうちに長屋に来たいと言っていたぞ」

と、声をかけ、まゆみに視線をむけた。

まゆみは何も言わず、ちいさくうなずいた。行灯《あんどん》に照らされた横顔に、かすかに戸惑うような笑みが浮いただけである。

「浅草寺にでも、お参りに行こう」

平兵衛は独り言のように言って、冷めた茶を飲み干した。

翌朝、平兵衛は永山堂へ行くと言って、長屋を出た。路地木戸から路地へ出たところで、足をとめて左右に目をやった。

平兵衛には、だれかに見張られているのではないかという疑念があった。昨日、三人の牢人に襲われたのもそうだった。平兵衛を尾けている者がいたからこそ、あの場で仕掛けられたのではないかとみていたのだ。

路地の左右に、それらしい人影はなかった。平兵衛は路地から竪川沿いの通りへ出た。竪川にかかる一ツ目橋を渡り、深川に足をむけた。吉永町にある極楽屋へ行くつもりだった。

極楽屋の店先に縄暖簾が出ていたが、店内はひっそりとしていた。まだ、朝のうちなので、飲み食いしている男はいないようだった。

思ったとおり、店内に人影はなかった。ただ、板場で水を使う音が聞こえた。島蔵が料理の仕込みでもしているのだろう。

「だれか、おらんか」

平兵衛は板場にむかって声をかけた。

すぐに、水を使う音がやみ、島蔵が前だれで濡れた手を拭きながら出てきた。

「安田の旦那、こんなに早く、おめずらしい」

島蔵が、心底を覗くような目をして平兵衛を見た。朝から、何事かと思ったようだ。

「ちと、頼みがあってな」

平兵衛はだれもいない飯台に腰を下ろした。

「一杯、やりますかい」

「いや、茶をもらおう」

朝から酒を飲むつもりはなかった。

「ちょいと、待ってくれ」

そう言って、島蔵は板場にむかい、いっときすると、湯飲みを両手に持ってもどってきた。

「おれも、茶にしときますよ」

島蔵は、茶の入った湯飲みのひとつを平兵衛の前に置き、もうひとつを自分の前に置いた。

「で、頼みというのは？」

島蔵が茶を一口すすった後、声をあらためて訊いた。

「実は、昨日、三人の牢人に襲われてな」

「殺し人にですかい」

島蔵が驚いたように目を剝いた。

「いや、ごろんぼう（無頼漢）だ」

平兵衛は、そのときの様子をかいつまんで話し、

「ただ、三人に仕掛けさせたのは、わしの命を狙っている殺し人だな」

と、言い添えた。

「おれも、そうみますぜ。……で、頼みというのは」

「その殺し人が、仕掛けてくるのを待つ手はないと思ってな。こちらからも、手を打とうと思うのだ」

平兵衛は、待っていたら殺られる、と思ったのだ。敵の殺し人は、平兵衛の腕のほどを知って仕掛けてくるのだ。当然、斬れると踏んでの上であろう。そうなると、平兵衛に利はないのだ。

「どんな手を使う？」

島蔵が小声で訊いた。

「まず、相手の正体をつかみたい。それには、わしを襲った三人から訊き出すのが早いだろう。孫八か嘉吉を使って、三人をつきとめてくれ。おそらく浅草、本所界隈を塒《ねぐら》にしている三人の牢人だ」

「すぐに、嗅ぎ出しまさァ。そうだ、嘉吉と磯次郎《いそじろう》を使おう」

島蔵によると、孫八は敵に顔を知られているらしいので、嘉吉と磯次郎の方がいいという。

磯次郎も島蔵の手下で、ときおり探索や繋ぎ役に使われていた。

それから、小半刻（三十分）ほど、朴念の傷や敵の動きなどを話したところで、平兵衛が腰を上げた。男がふたり、奥の長屋から出てきたからである。ひとりは房六《ふさろく》という無宿人で、もうひとりは又蔵だった。

「では、また来よう」

そう言い置き、平兵衛が戸口から出て歩きだすと、

「安田の旦那、待ってくれ」

と、後ろから声をかけられた。

振り返ると、又蔵が近付いてくる。

「何か、用かな」

平兵衛が訊いた。

「へい、旦那の耳に、入れておきたいことがありやして」

又蔵が平兵衛に身を寄せてきた。

「何かな」

「一昨日《おととい》のことだが、要橋のところに妙な牢人がいやしてね」

又蔵が声をひそめて言った。

「牢人がな。……どんな男だ」

「赤ら顔の大柄なやつでさァ」

「うむ……」

どうやら、平兵衛を襲った牢人らしい。

「そいつが、旦那のことをしつこく訊きやしてね」

又蔵によると、平兵衛はいつ極楽屋に来るのか、来たときはひとりで帰るのか、そんなことを繰り返し訊いたという。

「あっしは、知らねえと突っ撥《ば》ねやしたがね」

「そうか」

「気をつけてくだせえ。あっしの見たところ、旦那を狙っているようでしたぜ」

「油断をすまい」

平兵衛は、すでに牢人たちに襲われていたが、そのことは口にしなかった。又蔵に話しても仕方がないと思ったからである。

平兵衛が歩き出すと、又蔵は戸口のところに立って見送っているようだったが、いっとき歩いて振り返ると、又蔵の姿はなかった。店にもどったらしい。

4

「嘉吉、やつだぜ」

磯次郎が、三里屋《みさと》という小料理屋の戸口に目をやって言った。戸口から長身の牢人が出てきたのだ。

平兵衛を襲った牢人のひとりだった。歳は三十がらみであろうか、馬面《うまづら》で、妙に頤《おとがい》が張っている。

嘉吉と磯次郎は、島蔵に指示され、平兵衛を襲った三人の牢人をつきとめるべく、深川、本所、浅草界隈を訊き歩いた。訊き歩くといっても、闇雲に訊きまわるわけではない。相手は、徒牢人である。しかも、三人組とみていい。浅草寺、富《とみ》ケ岡《おか》八幡宮、両国の東西の橋詰めなどの盛り場で顔を利かせている遊び人や地まわりなどに当たって話を訊けば、つかめるはずである。

睨んだとおりだった。浅草寺界隈を縄張にしている平助《へいすけ》という地まわりに袖の下を握らせて訊くと、

「そいつらなら知ってるぜ。ときおり、田原町《たわらまち》の賭場に顔を見せらァ」

そう言ったのである。

「三人の埘は、分かるかい」

賭場のある場所を訊いて、見張ってもいいが、いつあらわれるか知れない相手を待つのは面倒だった。

「埘は知らねえが、谷《たに》ってえやつなら、三里屋の女将が情婦《いろ》のようだぜ」

平助が口元に下卑《げび》た嗤《わら》いを浮かべて言った。

平助によると、三人のなかのひとりが谷源十郎《げんじゅうろう》という名だそうだ。谷は長身で、顔の長い馬面をしているという。

「助かったぜ」

嘉吉たちは、三里屋は東仲町《ひがしなかちょう》にあると聞いて、すぐに足を運んできた。

東仲町は、浅草寺の門前にひろがる町で、賑やかな繁華街だった。料理屋やそば屋

などを何軒かまわって話を聞くと、三里屋が知れた。

三里屋は雷門《かみなりもん》の前にひろがる広小路から、細い路地を入った一角にあった。縄暖《なわの》簾《れん》を出した飲み屋、小料理屋、そば屋などが軒を並べる裏路地だった。

嘉吉と磯次郎は、三里屋の斜向《はすむ》かいにあったそば屋の脇の暗がりに身をひそめて、三里屋の店先を見張った。

そして、一刻（二時間）余も見張ったとき、それらしい牢人が店から出てきた。長身で馬面である。

「磯次郎、まちげえねえ。谷だ」

嘉吉が声を殺して言った。

谷は三里屋の戸口で、送りに出た女将らしい年増と、何やら言葉を交わし、下卑た笑い声を上げた。何か卑猥なことでも口にしたらしい。そして、女将の肩先を軽くたたくと、懐手をして店先から路地へ出た。

「嘉吉、雷門の方へ行くぜ」

「跡を尾けよう」

嘉吉と磯次郎も路地へ出た。

尾行は楽だった。狭い路地に、大勢の飄客《ひょうかく》、遊び人らしい男、箱屋を連れた芸者らしい女などが、行き交っていたからである。

谷はさらに賑やかな広小路に出ると、左手にまがった。突き当たりは東本願寺《ひがしほんがんじ》の裏門である。

谷は裏門の前までは行かず、手前の路地を左手にまがった。そこは、田原町三丁目だった。

小体な店や表長屋などがごてごてとつづく狭い路地で、深い夜陰につつまれていた。どの店も店仕舞いし、洩れてくる灯もなくひっそりと寝静まっている。ただ、広小路や賑やかな繁華街が近くにあったので、人声や笑い声、三味線の音などが遠くでさんざめくように聞こえてきた。

谷はその路地へ入って半町ほど歩くと、小体な表店の手前にあった路地木戸へ入っていった。その先が長屋らしい。

小体な表店は下駄屋だった。軒下に下がっていた下駄屋の看板が、月明りでぼんやり見えたのだ。

「磯次郎、明日だな」

これ以上は、どうにもならなかった。明日、出直して、谷がこの長屋の住人であることを確かめるのである。

翌日、嘉吉たちはふたたび田原町に足を運び、店をひらいていた下駄屋に入って、話を聞くと、長屋は伝兵衛店《でんべえだな》で、谷は三年ほど前から独《ひと》り暮らしをしていることが分かった。嘉吉たちは、さっそく極楽屋にもどり、島蔵にこのことを伝えた。

「よし、安田の旦那に報《し》らせろ。谷をどうするか、旦那にまかせよう」

そう言って、島蔵はすぐに嘉吉を平兵衛の許に走らせた。島蔵には、三人の牢人の顔を知っている平兵衛に、谷が三人組のひとりにまちがいないか、確かめさせる思惑もあったのである。

嘉吉から話を聞いた平兵衛は、

「谷という男に会ってみよう」

と、すぐに答えた。

その日、陽が沈みかけたころ、平兵衛は嘉吉と磯次郎を連れて、浅草田原町へ出かけた。いつも長屋で刀研ぎしている筒袖と軽衫という格好で、腰には来国光だけを帯びていた。どこから見ても、頼りなげな老爺である。

田原町の路地を入ってすぐ、

「旦那、あの下駄屋の手前でさァ」

嘉吉が路地木戸を指差した。

「谷はいるかな」

長屋に踏み込んで谷がいなければ、無駄足を踏むだけではなかった。後刻、長屋にもどってきた谷が住人から話を聞いて、長屋から姿を消すかもしれない。そうなると、また谷の行方を探さねばならなくなるのだ。

「あっしが見てきやしょう。旦那と磯次郎は、ここで待っていてくだせえ」

そう言い残し、嘉吉は小走りに路地木戸をくぐった。

平兵衛と磯次郎は、路傍の欅《けやき》の樹陰に立って嘉吉がもどるのを待った。

小半刻（三十分）ほどすると、嘉吉がもどってきた。

「旦那、やつはいやすぜ」

嘉吉によると、井戸端で洗濯をしていた女房に、谷の家を訊き、腰高障子の破れ目からなかを覗いて見たという。

「やつは、座敷の隅に寝転がっていやした」

嘉吉がうす笑いを浮かべて言った。

「部屋にいたのは、ひとりか」

「へい」

「よし、行こう」

平兵衛は、刀の目釘を確かめた。手荒なことをするつもりはなかったが、谷が抵抗すれば刀を抜かねばならないと思ったのである。

5

平兵衛は、腰高障子の破れ目からなかを覗いてみた。長身の牢人が座敷で手枕をし、土間に背をむけて横臥していた。居眠りでもしているのかもしれない。

——わしを襲ったひとりだな。

顔は見えなかったが、その体軀から三人のなかのひとりだと平兵衛は思った。

腰高障子をあけて、平兵衛は土間に踏み込んだ。嘉吉と磯次郎もつづき、嘉吉が後ろ手に障子をしめた。

ふいに、谷が寝返りを打って、こちらに顔をむけた。障子をしめる音で、目が覚めたのかもしれない。

一瞬、谷は驚愕に目を剝いて、土間にいる平兵衛たちを見たが、

「だ、だれだ！」

叫びざま、ガバッと身を起こした。

「わしだ、顔を覚えておろう」

平兵衛が、おだやかな声で言った。

「お、おぬし！」

谷は目を剝いたまま、凍《こお》りついたように身を硬くした。

「大きな声を出すな。おまえに、訊きたいことがあって来ただけだ。おまえたちが、わしを襲ったことは水に流してやる」

平兵衛は、土間に立ったまま谷を見すえていた。頼りなげな老爺ではなかった。双眸には刺すようなひかりが宿り、身辺には剣客らしい覇気があった。

「な、何を、訊きたいのだ」

谷は、ひらきなおったような顔をして座敷に胡座《あぐら》をかいた。ただ、体が顫えているらしく、だらしなくはだけた単衣の襟元が小刻みに揺れている。

「おまえたちに、わしの命を狙うように頼んだのは、だれだ」

平兵衛が訊いた。

「名は知らぬ。繁田《しげた》屋で会った牢人だ」

谷に、隠す様子はなかった。敵の殺し人一味と強いつながりはないのだろう。

谷によると、繁田屋は材木町《ざいもく》にある小料理屋だという。材木町は雷門の前にひろがる繁華街である。

「どんな男だ」

「陰気なやつだ」

歳は三十がらみで、痩身で総髪だという。

――そいつだ！

と、平兵衛は察知した。

朴念と孫八を襲った牢人である。ふたりから聞いていた牢人の風貌と一致するのだ。

「その牢人の住処は？」

「知らんな」

谷は首を横に振った。

「おぬし、繁田屋にはよく行くのか」

平兵衛は、何とか牢人の塒をつきとめたいと思った。

「いや、利根造に誘われて初めて行った店だ」

「利根造という男は？」

平兵衛は、敵の殺し人一味のひとりではないかと思った。

「賭場で知り合った男だ」

田原町にある源兵衛《げんべえ》という男が、貸元をしている賭場だという。利根造は、半年ほど前から源兵衛の賭場に姿を見せるようになったそうである。

「利根造は、何をしている」

「さァ、遊び人のようだったが……。いずれにしろ、真っ当な男ではあるまい」

歳は二十七、八。小柄だが、はっしこそうな男だという。

「うむ……」

利根造は、牢人といっしょに朴念たちを襲った町人体の男かもしれない。孫八も、襲ってきたのは小柄で敏捷そうな町人だったと言っていた。ただし、それだけでは同じ男と決め付けることはできないだろう。

「利根造だが、顔に黒子《ほくろ》でもねえかい」

そのとき、嘉吉が口をはさんだ。

利根造は田原町の賭場へ姿を見せるということなので、顔に特徴でもあれば、つきとめられると踏んだようだ。

「黒子はないが、刀傷があったな」

「刀傷だと」

「そうだ、顎に斬られた傷跡がある」

「それだけ分かりゃァ、何とかなるな」

嘉吉が平兵衛に顔を寄せて、あっしらで、そいつを探し出しやすぜ、と耳打ちした。

それから、平兵衛たちは、牢人と利根造が出入りする店や他の仲間のことなども訊いたが、谷も知らないらしく役に立つような話は聞き出せなかった。

「邪魔をしたな」

そう言い置いて、平兵衛は戸口から出た。

路地木戸から通りへ出たところで、

「旦那、谷をこのままにしておいていいんですかい」

嘉吉が訊いた。平兵衛を襲うように頼んだ牢人のところへ、駆け込むのではないかと思ったようだ。

「なに、あの男は、わしらのことをしゃべらんよ。わしらに話したことが、牢人や利根造に知れてみろ、谷が始末されるぞ。そのくらいのことは、谷にも分かっているはずだ」

「そうかもしれねえ」

嘉吉も納得したようだった。

翌日から、嘉吉と磯次郎は田原町へ出かけ、源兵衛が貸元をしている賭場の見張りをつづけた。見張りといっても、賭場の近くに身を隠し、二刻（四時間）ほど賭場に出入りする者に目をやるだけである。

嘉吉たちが賭場の見張りを始めて五日後、利根造らしい男が姿をみせた。顎に刀傷らしき痕《あと》があったが、遠方だったので、はっきりしなかった。

念のため、嘉吉たちはその男の跡を尾《つ》けた。そして、男が繁田屋近くの借家ふうの家に入ったのを確認した。

翌日、嘉吉たちは繁田屋の近くで聞き込むと、男の名は利根造ではなかった。峰吉《みねきち》という名で手間賃稼ぎの大工だという。

――人違いか。

と、嘉吉は思ったが、胸にひっかかるものがあった。

峰吉が独り住まいで、しかも、半年ほど前に越してきたと聞いたからである。大工が独りで借家に住んでいるというのも妙だし、半年ほど前に越してきたばかりで賭場に出入りしているのも腑に落ちなかった。手間賃稼ぎの大工にしろ、棟梁《とうりよう》とのかかわりが強いはずで、よほどの事情がなければ、引っ越しはしないだろう。

それに、利根造が敵の殺し人一味なら、偽名を使っていてもおかしくないのだ。

このことを極楽屋で話すと、ちょうど顔を見せていた孫八が、

「そいつは、大工じゃァねえな」

と、即座にいった。独り者の手間賃稼ぎの大工なら長屋に住むはずで、借家には住まないだろうという。孫八は屋根葺《ふ》き職人なので、そのあたりの事情はくわしいようだ。

「やつは、孫八さんを襲った男だな」

嘉吉が言うと、

「おれたちを襲ったやつなら、一目見れば分かる。おれが、そいつの顔を拝んでやろう」

孫八が言いだした。

さっそく、孫八は嘉吉たちと繁田屋の近くの借家へ出かけた。そして、借家が斜前に見える商家の土蔵の陰から、峰吉と名乗る男が出てくるのを待った。

借家は板塀でかこわれていたので、孫八たちがひそんでいた場所から家の戸口は見えなかった。孫八たちは、路地に面した枝折《しお》り戸へ目をむけていたのだ。

孫八たちが、その場にひそんで半刻ほどしたときだった。引き戸をあける音がし、つづいて枝折り戸を押して通りへ出てくる男の姿が見えた。

「やつだ！」

孫八が声を殺して言った。

見覚えのある体軀だった。それに、男の身辺には殺し人らしい陰湿で酷薄な雰囲気がただよっていた。

「どうしやす、尾けやすか」

嘉吉が小声で訊いた。

「いや、やつの塒が分かったんだ。あとは、安田の旦那にまかせよう」

孫八は、これ以上、男を尾けまわすのは危険だと思った。敵の殺し人一味も、こちらの動きを探っているようなのだ。

6

「安田の旦那、いやすぜ」

孫八が小声で言った。

板塀でかこわれた家からかすかな灯が洩れていた。平兵衛、孫八、嘉吉の三人は、土蔵の陰から峰吉と名乗る男が住んでいる借家に目をむけていた。磯次郎は、その場にいなかった。平兵衛は相手がひとりなので三人いれば十分だと思い、磯次郎は極楽屋に残してきたのだ。

暮れ六ツ（午後六時）の鐘が鳴って、小半刻ほど過ぎていた。辺りは濃い暮色につつまれ、借家の前の路地も人影がなくひっそりとしていた。

「踏み込もう」

平兵衛は男を捕らえて、敵の殺し人や元締めのことを訊き出したいと思った。

三人は足音を忍ばせて枝折り戸に近付き、敷地内に入った。家は淡い夜陰につつまれていた。庭に面した障子に灯の色がある。狭い縁側の先が座敷になっていて、そこに男はいるらしかった。

「あっしが、戸口から踏み込みやす。旦那は、庭にまわってくだせえ」

すでに、孫八の手には匕首《あいくち》がひかっていた。薄闇のなかで、双眸が底びかりしている。殺し人らしい凄みがあった。孫八は探索や繋ぎ役にまわることが多かったが、殺し人のひとりなのである。

「承知した」

平兵衛は庭で、男が飛び出してくるのを待つのだ。男が敵の侵入を察知すれば、庭へ飛び出すはずである。

「あっしは、どうしやす」

嘉吉が小声で訊いた。

「おめえは、念のため裏手へまわってくれ。いいか。やつが飛び出してきても、手を出すなよ。でけえ声を出して旦那を呼べ」

孫八が言った。嘉吉は殺し人ではなかった。なかにいる男は、脇差を巧みに遣うはずである。下手に手を出すと、嘉吉が殺《や》られるのだ。

「へい」

嘉吉が顔をこわばらせてうなずいた。

孫八は戸口に身を寄せて、引き戸に手をかけた。そして、背後を振り返って平兵衛と嘉吉にうなずいた。引き戸があく、と知らせたのである。

すぐに、平兵衛と嘉吉はその場から動いた。平兵衛は庭へ、嘉吉は裏手へまわったのである。

スルリ、と孫八の体が、引き戸の間をすり抜けた。敏捷《びんしょう》な動きである。

戸口の土間は暗かった。家のなかは静かだったが、奥でかすかな物音がした。瀬戸物の触れ合うような音である。男が、手酌で酒でも飲んでいるのかもしれない。

孫八は上がり框から上がり、足音を忍ばせて右手の廊下を歩いた。灯の洩れている座敷は、一部屋隔てた先にある。

孫八が灯の洩れている座敷に近付いたとき、突然、

「だれでえ！」

という声がひびいた。どうやら、侵入した孫八の足音を耳にしたらしい。

孫八は、すぐに、旦那、やつだ、と小声で言った。庭にいる平兵衛に聞こえるような声ではなかった。孫八は、座敷にいる男にだけ聞かせようとしたのだ。そうすれば、男はふたりで侵入したと思うだろう。孫八は、平兵衛のいる庭へ、男を飛び出させようとしたのだ。

男の立ち上がる気配がし、瀬戸物の転がるような音がした。立ち上がった拍子に、湯飲みでも足に当たって転がったのであろう。

そのとき、平兵衛は庭の隅の椿《つばき》の陰にいた。いつでも斬り込めるように、すでに来国光を抜いている。

と、障子に立ち上がった男の影が映った。つづいて畳を踏む音がし、ガラリと障子があいた。

姿を見せたのは小柄な男だった。縞柄の小袖を尻っ端折りしていた。手元が座敷の行灯の灯を映してにぶくひかっている。男は抜き身の脇差をひっ提げていた。

——脇差を遣う男だな。

孫八から、巧みに脇差を遣うことを聞いていたのだ。

男は縁先に出て、庭に目をやった。敵がいないかどうか見たらしい。そのとき、平兵衛はまだ庭の隅の樹陰にいたので姿は見えないはずだった。

男は縁先から庭へ飛び下りた。

すぐに、平兵衛は樹陰から出て疾走した。ザザザッ、と庭の叢《くさむら》を分ける音がひびいた。平兵衛は逆八相に構え、一気に男へ迫っていく。獲物に迫る猛虎のような疾走だった。虎の爪の寄り身である。

「て、てめえは!」

男は驚愕に目を剝き、その場につっ立った。

が、色を失っていたのは一瞬で、身を低くして脇差を水平に構えた。体ごと突っ込んでくるような気配がある。喧嘩や殺しのなかで、独自に身につけた構えのようだ。

かまわず、平兵衛は男の正面に突進した。

その果敢な寄り身と迫力に男は圧倒され、腰が浮いた。

イヤアッ！

裂帛《れっぱく》の気合を発し、平兵衛が袈裟に斬り下ろした。鋭い斬撃である。

咄嗟に、男は平兵衛の斬撃を受けようとして脇差を振り上げたが、間に合わなかった。ザクッ、と男の肩先が裂けた。次の瞬間、血が火花のように飛び散った。

男は絶叫を上げて、のけ反った。肩先から血が噴いている。

だが、それほど強い斬撃ではなかった。平兵衛は男を殺さないように手加減をしたのである。

「ちくしょう！」

男は体勢を立て直すと、手にした脇差を構えようとした。だが、手が震えて構えられない。目をつり上げ、ひらいた口から白い歯が牙のように覗いている。

そこへ、孫八が縁先から飛び出して来て、男の後ろへまわった。孫八も匕首を手にしている。

「これまでだ、脇差を捨てろ！」

平兵衛が、語気を強くして言った。

「うるせえ！　こうなったら、てめえらも地獄へ道連れだ」

男は脇差を胸の前で構えると、そのまま体ごとつっ込んでこようとした。

だが、庭の雑草に足を取られてよろめいた。

それを見た孫八が手にした匕首を捨てて、男の腰に飛び付いた。そして、身をよじって逃れようとする男に足をかけて引き倒した。

「じたばたするんじゃねえ！」

孫八が男の腕を後ろに取って、体を押さえつけた。

庭のやり取りを耳にした嘉吉も姿を見せ、孫八とふたりで男の腕を後ろに取って用意した細引で縛り上げた。

7

庭は淡い夜陰につつまれていた。頭上で星がまたたき始め、虫の音があちこちから聞こえてくる。

男は低い呻《うめ》き声を上げ、庭の叢の上に尻をついていた。肩口から胸にかけて、着物がどす黒い血に染まっている。顔は土気色をし、男は喘ぎ声を洩らしていた。思ったより、傷は深いようだ。

「名は？」

平兵衛が訊いた。

「利根造だよ」

男が答えた。やはり、峰吉は偽名のようだ。

「おまえといっしょに、孫八たちを襲った牢人の名は？」

「し、死神だよ。おれたちは、死神の旦那と呼んでいる」

利根造が低い声で言った。

「死神か」

「おめえも、長いこたァねえ。死神に、とり憑《つ》かれてるからな」

利根造の口元に、うす笑いが浮いた。双眸が、狂気を帯びたような異様なひかりを宿している。

「せいぜい、死神に殺されぬよう気をつけよう。……ところで、おまえたちの元締めはだれだ」

「さァな……。おめえたちには言えねえよ」

利根造はふてぶてしい顔でそう言ったが、すぐに喘ぎ声に変わった。かなり苦しいようである。どうやら、話しても差し障《さわ》りのないことだけ、しゃべる気のようだ。

――長くはもたぬな。

と、平兵衛はみてとった。

「名を聞いたら、震えがくるような男だそうじゃァないか」

平兵衛が水をむけた。何とか、元締めのことを探り出したかったのである。敵の元締めのことは、島蔵をとおして吉左衛門の話を耳にしていたのだ。

「そ、そうよ。地獄の閻魔も、震え上がるぜ」

利根造の口元に揶揄《やゆ》するような嗤《わら》いが浮いたが、すぐに消え、苦痛に顔がゆがんだ。地獄の閻魔とは、島蔵のことだった。島蔵の顔が閻魔に似ていたので、そう呼ぶ者もいたのである。

「どうかな。それほどの元締めがいるとは思えぬが」

さらに、平兵衛は水をむけた。

「お、おめえが、知らねえだけよ。……に、日本橋から南は、元締めの縄張《シマ》だ」

利根造の声が震えた。

どうやら、利根造たちの元締めは日本橋から南を縄張にしているらしい。となると、さらに神田、下谷、深川、本所辺りに縄張をひろげるために乗り込んできたのかもしれない。

「肝煎屋に来たのは、元締めの片腕か」

平兵衛は、敵の元締めの片腕が、何人かの殺し人を連れて先に乗り込んできたのではないかと思った。

「し、知らねえよ……」

利根造の声が震えていた。顔がひき攣っている。肩先からの出血は着物を蘇芳《すおう》色に染め、袂や袖口から滴《したた》り落ちていた。

「その男の名は？」

平兵衛が訊いたが、利根造は答えなかった。苦しげに、身をよじっただけである。

「利根造、死神の塒は？」

平兵衛が声を大きくして訊いた。

利根造は何か言おうとして、口をあけたが声にならなかった。体が顫え、目が虚ろになっている。

ふいに、利根造が喉のつまったような呻き声を上げ、背筋を伸ばしたかと思うと、顔が苦悶にゆがみ、首ががっくりと前に落ちた。そして、首を垂れたまま動かなくなった。絶命したようである。

「死んじまったぜ」

孫八が言った。

「すこし、傷が深かったようだな」

平兵衛は力を抜けばよかったかと思ったが、真剣勝負で加減して斬るのはむずかしいのだ。それに、利根造は、いずれ始末せねばならないひとりだった。


翌日、平兵衛は極楽屋に足を運んだ。すでに、昨夜のうちに帰っている孫八と嘉吉から利根造のことは聞いているはずだが、平兵衛からも島蔵に話しておきたかったのだ。それに、島蔵は敵の元締めや殺し人たちのことで気付いたことがあるかもしれない。


「昨夜は、ごくろうだったな」

島蔵は飯台に腰を下ろすと、平兵衛にねぎらいの言葉をかけた。

「孫八と嘉吉から、聞いてると思うが、わしからも話す」

そう言って、平兵衛は利根造が口にしたことを島蔵に伝えた。

「やつらの元締めは、日本橋から南を縄張にしているそうだが」

島蔵が念を押すように訊いた。

ている。

「まちがいない」

「そいつは、品川弥左衛門《しながわやざえもん》かもしれませんぜ」

島蔵の顔が、こわばっていた。めずらしく、島蔵の大きな目に不安そうな色が浮い
「品川弥左衛門……」

平兵衛も、噂を聞いたことがあった。

弥左衛門は、日本橋からひろく品川辺りまでを縄張にし、江戸の闇世界に顔をきかせている大親分とのことだった。殺し人の元締めだけでなく賭場《とば》もいくつかひらいていて、主だった子分たちにやらせているという。

若いころから長く品川宿を縄張にしていたことで、品川弥左衛門と呼ばれるようになったそうである。

「名を聞いただけで震えがくると、言ったそうだが、嘘じゃァなかったな」

島蔵が怖気《おぞけ》をふるうように身震いして言った。

「元締め、どうするな」

平兵衛は、島蔵が品川弥左衛門と戦う気があるかどうか訊いたのである。

「やるしかありませんや。おれは、地獄の閻魔だからな。閻魔が逃げ出したら笑いも

んになりまさァ」

島蔵が虚空を睨みながら、訴えるような口調で言った。

「わしもやる」

平兵衛は、弥左衛門がどのような大物であろうと、戦って勝つより他に殺し人として生きる道はないと思った。

「ありがてえ。安田の旦那が、本気になってくれりゃァ鬼に金棒だ」

島蔵が目を剝いて言った。

「元締めは、地獄の鬼をたばねている閻魔ではないのか」

「それじゃァ、閻魔に金棒だ」

そう言うと、島蔵は大口をあけて笑った。

だが、目は笑っていなかった。大きな目が、挑むように底光りしている。

第四章　攻　防

1

日本橋小網《こあみ》町。日本橋川沿いに三浦《みうら》屋という料理屋があった。その二階の座敷に、五人の男女が集まって酒を酌み交わしていた。万蔵、氷影柳三郎、般若の利助、首刺しおえん、それに五十がらみの痩身《そうしん》の男である。

痩身の男は面長で浅黒い肌をしていた。鷲鼻《わしばな》で顎《あご》がとがっている。細い双眸《そうぼう》には射るようなひかりがあり、猛禽《もうきん》を思わせるような面貌《おもて》だった。この男が殺し人たちの元締め、品川弥左衛門である。

日本橋川に面した障子があけられ、涼気を含んだ川風が座敷に流れ込んでいた。その風が、座敷の隅に置かれた燭台の炎を揺らし、五人の影を乱していた。

「利根造が、始末されたそうじゃァないか」

弥左衛門が小声で言った。剽悍《ひようかん》そうな顔に似合わず、女のような細い声である。

「へい、借家の庭で斬り殺されていやした」

万蔵が声を低くして言った。

「殺《や》ったのは、地獄屋の者かね」

「まちがいありません」

万蔵が言うと、

「斬ったのは、人斬り平兵衛だな。あの傷は、やつの遣う虎の爪のものだ」

氷影が言い添えた。

「安田平兵衛の名は、聞いたことがある。長く殺し人をつづけている男だ。それだけ、腕が確かだということだな」

弥左衛門はつぶやくような声で言うと、膳の杯を手にして、ゆっくりと飲み干した。

次に口をひらく者がなく、座は沈黙につつまれていたが、

「それで、地獄屋に出入りしている殺し人は、安田の他にどんなやつがいるのかね」

と、弥左衛門が訊いた。

「腕の立つ殺し人は、三人とみていやす」

万蔵がそう言って、平兵衛、右京、朴念の名をあげた。

「その三人を殺らないと、利根造と同じように、おまえさんたちが殺られるぞ」

弥左衛門が低い声で言って、居並んだ四人に顔をむけた。猛禽のような面貌には、心底を凍らせるような凄《すご》みがあった。

「すでに、その手は打ってありやす」

万蔵は、おえんが右京に近付いていることや氷影が平兵衛を狙っていることなどを言い添えた。

「そうか。……ところで、玄十はどうしているな」

弥左衛門が、万蔵に顔をむけて訊いた。

「ぬかりなく、玄十は敵のふところにもぐり込んでいやす。地獄屋の殺し人の動きが分かるのも、玄十のお蔭でさァ」

「それはいい」

弥左衛門が目を細めた。

「ところで、元締め、肝煎屋はどうしやす」

「吉左衛門か」

「へい、意固地《いこじ》な男で、地獄屋から手を切る様子はありませんぜ」

万蔵は利助とふたりで一吉に乗り込み、吉左衛門を脅《おど》したときの様子をかいつまんで話した。

「万蔵」

弥左衛門が、口元に運んだ杯を虚空でとめたまま万蔵に目をむけた。

「吉左衛門は、骨のある男だよ。その程度の脅しで、地獄屋を裏切るようなことはないだろうな」

弥左衛門の声は女のように細かったが、刺すようなひびきがあった。

「始末しちまいやしょうか」

「いや、生かしておけば、吉左衛門は使えます。始末するのは、最後でいい。その前に、吉左衛門を震え上がらせてみたらどうかな。たしか、吉左衛門にはむかしからの子分で、片腕のような男がいるはずだが……。なんてえ名だったかな」

「仙三郎です」

万蔵の脇に座していた利助が、口をはさんだ。

「そうだ、仙三郎だ。まず、仙三郎を始末しろ。そしてな、わしらに逆らえばこういうことになるんだと見せつけてやれ」

「承知しやした」

万蔵が口元にうす笑いを浮かべて言った。

弥左衛門は手にした杯の酒をゆっくりと飲み干した後、

「それからな、地獄屋も、三人の殺し人と島蔵を始末するだけじゃァたりないな」

と、一同に視線をむけながら、

「地獄屋には、殺し人のほかにも似たような連中がいるはずだ。いざとなれば、そいつらも、おれたちの命を狙ってくるかもしれないよ」

と、細い声で言った。

「それらしいやつは、何人かつかんでおりやす」

万蔵が、孫八、嘉吉、磯次郎の名をあげた。

「その三人も殺せ」

弥左衛門が、甲高《かん》いひびきのある声で言った。

「地獄屋の者は、皆殺しってわけですかい」

「そうだ。こうしたことは、殺るか殺られるかしかないんだ。ひとりでも生かしておけば、そいつに命を狙われることになるからな」

「分かりやした」

「では、みんなに手当を渡してやってくれ」

そう言って、弥左衛門は顔をなごませた。

すぐに、万蔵がかたわらに置いてあった袱紗《ふくさ》包みを膝の上に取って結び目をといた。なかには、切り餅が入っていた。

「これは、元締めからの手当だ。ひとり頭、五十両。殺し料とは別と思ってくれ」

万蔵は利助にも手伝わせて、集まった殺し人たちの膝先に切り餅をふたつずつ並べた。

「ありがたいねえ」

そう言って、おえんが切り餅を手にして袂《たもと》に落とすと、利助や氷影も自分の分をふところにしまった。

「それじゃァ、今夜はゆっくり飲んでくれ」

そう言って、弥左衛門は杯に手を伸ばした。

2

「親分、てえへんだ！」

極楽屋に辰造《たつぞう》が飛び込んできた。

辰造は、極楽屋を塒《ねぐら》にしている日傭取《ひようと》りである。腰切半纏《こしきりばんてん》に褌《ふんどし》という格好で、普《ふ》請《しん》場で力仕事をしていることが多かった。陽に灼《や》けた浅黒い顔をしている。その顔が恐怖でこわばっていた。何かあったらしい。

「辰、どうしたい。朝から、やかましいじゃァねえか」

店の飯台で朝めしを食っていた朴念が、丼を手にしたまま訊いた。

「や、殺《や》られた！」

「だれが、殺られたんだ」

「磯次郎の兄いだ」

「なに、磯次郎だと！」

朴念が大声を上げて立ち上がった。

そのとき、島蔵が板場から出てきた。店のやり取りを耳にしたようだ。

「まちがいなく磯次郎か」

島蔵が声を強くして訊いた。

「へ、へい、肩からザックリ、斬られていやす」

そんなやり取りをしているところへ、奥から三人が顔を出した。嘉吉、六助《ろくすけ》、浅五《あさご》郎《ろう》で、いずれも極楽屋に住んでいる。辰造、六助、浅五郎の三人も、島蔵の手下で、手が足りない時は探索や繋ぎ役などにくわわることもあった。

「場所はどこだ」

「要橋の先の富田屋《とみた》の材木置き場でさァ」

極楽屋から近かった。深川、島田町にある材木問屋、富田屋の貯木場は、要橋から三町ほど先の仙台堀沿いにあった。

「行くぞ」

島蔵は前だれをはずして飯台の上に置くと、急いで戸口へむかった。朴念と辰造がつづき、その後から嘉吉たち三人が、顔をこわばらせてついてきた。

仙台堀から水を引いた貯木場につづいて材木をしまう倉庫があり、その倉庫の脇の空地に人だかりがしていた。半纏に褌だけの川並《かわなみ》、腰切半纏に股引《ももひき》姿の大鋸挽《おがひき》、印半纏《しるしばんてん》姿の船頭などである。

「どいてくれ!」

辰造が声を上げると、集まっていた男たちが左右に割れた。

人だかりのなかに、倒れている男の背が見えた。俯《うつぶ》せになったまま、雑草のなかに埋まっている。

島蔵たちは、俯せに倒れている男のそばに駆け寄った。男はねじったように顔だけ、横にむいていた。雑草のなかに、苦悶にゆがんだ顔が見えた。

「磯次郎……」

まちがいなく、磯次郎だった。

磯次郎は右肩から左腋にかけて深く斬られ、截断《せつだん》された鎖骨が白く覗いていた。棒縞の単衣《ひとえ》が、どっぷりと血を含んでどす黒く染まっている。

「この傷、安田の旦那が斬ったのと、似ていやす」

嘉吉が蒼ざめた顔で言った。

「たしかに、安田の旦那の虎の爪と似ているが、殺ったのは安田の旦那じゃァねえ。旦那なら肋骨まで斬るぜ。それに、旦那が磯次郎を斬るわけがねえ」

島蔵が言った。

「親分、そうじゃァねえ。あっしは、磯次郎を斬ったやつが、仕返しのためにわざと安田の旦那の斬り口を真似たんじゃァねえかと思ったんだ」

嘉吉の声は、震えを帯びていた。

「元締め、おれもそう読むぜ」

朴念が渋い顔で言った。

「そうかもしれねえ」

いっとき、島蔵は磯次郎の死体に視線をむけていたが、

「血が飛び散ってねえな」

と、朴念や嘉吉たちに顔をむけて言った。

磯次郎の上半身は血まみれだったが、辺りの叢《くさむら》に飛び散った血の痕《あと》がなかった。

「見ろよ。草が倒れてるぜ。通りで斬ってから、ここへ引きずり込んだんだ」

朴念が雑草の倒れている場所を指差した。なるほど、筋状に雑草が倒れ、何かを引きずったような跡がある。

「通りかかった磯次郎を、待ち伏せて斬ったのか」

島蔵が引きずった跡を見ながら言った。

「そういうことだな」

「おい、集まっているやつらに、昨夜《ゆうべ》、このあたりで下手人らしいやつを見なかったか訊いてみろ。おれたちは町方じゃァねえが、磯次郎の敵《かたき》をとってやりてえ」

「へい」

嘉吉が人垣の方へむかうと、辰造、六助、浅五郎の三人がつづいた。

朴念は磯次郎の脇にかがんでいっとき目をむけていたが、腰を上げると、

「磯次郎を斬ったのは、おれと孫八を襲った牢人かもしれねえぜ」

と、けわしい顔で言った。

「死神か」

島蔵は、利根造が牢人のことを死神と呼んでいたことを平兵衛から聞いていたのだ。

「こんな真似をするのは、やつしかいねえ」

「そうだな。……いずれにしろ、弥左衛門一味は地獄屋の殺し人たちだけでなく、探索や繋ぎ役にまで手を伸ばしてきたということだな」

「地獄屋の者を皆殺しにするつもりか」

「それが、やつらのやり方だ」

ふたりで、そんなやり取りをしているところへ、嘉吉たちがもどってきた。

「元締め、やはり死神らしいですぜ」

嘉吉によると、昨日の六ツ（午後六時）過ぎ、堀沿いの道を通った川並が、積んだ材木の陰に立っているうろんな牢人を見かけたという。

「そいつは、総髪で痩せていたそうなんで」

嘉吉が言うと、

「通りがかった船頭も見てやすぜ」

と、六助が言い添えた。

六助によると、船頭も、下手人は陰気な感じのする痩せた牢人だと話したという。

「まちげえねえ、死神だ」

島蔵が顔を赭黒《あかぐろ》く染めて言った。ギョロリとした牛のような大きな目に、憤怒《ふんぬ》の炎があった。


その日の午後、磯次郎の死体は島蔵をはじめとする極楽屋の者たちの手で引き取られた。その前に、岡っ引きと八丁堀の定廻り同心が来て検屍をしたが、初めからなおざりで、本腰を入れて探索する気などなかった。殺されたのが、極楽屋を塒にしている無宿者だと知って、下手人を捕縛しても手柄にはならないと踏んだらしい。

「辻斬りか、そうでなければ、喧嘩だな」

三十がらみの同心は、端《はな》からそう決め付け、同道した手先たちに探索の指示もせずに引き上げてしまった。

もっとも、島蔵もその方がよかった。町方に下手に探られて、裏稼業を嗅《か》ぎ出されたら厄介《やっかい》なのである。

島蔵は磯次郎の遺体を極楽屋の裏の空地に埋葬した後、朴念、孫八、嘉吉、それに裏の長屋に住んでいる男たちを集め、

「磯次郎の敵は、おれたちがきっと取ってやるから、やたらに騒ぎ立てるんじゃァねえぞ。それに、極楽屋の者を目の敵にして命を狙っているやつがいるようだ。しばらくの間、暗くなる前にここへ帰ってこい」

と、強い口調で言った。

集まった男たちは、けわしい顔で島蔵の話を聞いていた。男たちの顔には、仲間の磯次郎を殺された恨《うら》みと、自分たちも襲われるかもしれないという不安の翳《かげ》がはりついていた。

3

竪川の川面が、夕陽を映して淡い鴇《とき》色に染まっていた。夕陽は家並の先に沈み、西の空には血を流したような残照がひろがっている。

風のない穏やかな雀色時《すずめいろどき》だった。竪川沿いの通りは、仕事を終えたぼてふり、出職の職人、風呂敷包みを背負った店者《たなもの》、遊びから帰る子供たちなどが行き交っていた。

仙三郎は若い衆《し》の太助《たすけ》を連れ、本所緑《みどり》町の竪川沿いの通りを歩いていた。一吉を贔《ひい》屓《き》にしている油問屋の大島屋《おおしま》まで、掛金を取りに行った帰りである。

昨夜、大島屋のあるじの長兵衛《ちょうべえ》は一吉で飲んだが、所持金が足りなかったとみえ、

「すまないが、明日、店まで取りにきてはくれまいか」

そう言い置いて、帰ったのだ。

めずらしいことではなかった。長兵衛は所持金など気にせずに一吉に来て、翌日店に取りに来させることがこれまでもあったのである。

竪川にかかる二ッ目《ふためめ》橋のたもと近くまできたとき、暮れ六ッの鐘の音が遠方で聞こえた。

「太助、すこし急ごう」

仙三郎は足を速めた。

暮れ六ッの鐘が合図でもあったかのように、川沿いの表店は店仕舞いを始めた。大戸をしめる音が、遠近《おちこち》から聞こえてくる。

道筋の人影もまばらになり、行き交う人々は、迫り来る夕闇にせかされるように足早に通り過ぎていく。

そのとき、前方から風呂敷包みを背負った行商人らしき男が、足早に近付いてきた。中背で、歩く姿が敏捷《びんしょう》そうだった。

男は菅笠《すげ》をかぶり、裾高に尻《しり》っ端折《ぱしょ》りした柿色の小袖と黒股引姿だった。手甲脚半《てっこうきゃはん》に草鞋《わらじ》履きである。男はすこし前屈みの格好で、仙三郎に近付いてくる。菅笠で人相は分からなかったが、とがった顎だけは見えた。

仙三郎は男の姿に獲物に迫る野犬のような雰囲気を感じ、殺し人でないかという思いが胸をよぎったが、すぐに、思いなおした。

男が手に武器のような物を持っていなかったし、重そうな様子で風呂敷包みを背負っていたからである。危害を加えようとする者が、重い風呂敷包みを背負って近付いてくるはずはないのだ。

男は真っ直ぐ仙三郎に迫ってきた。背中の荷物が重いのか、すこし腰をかがめている。男との距離が、五間ほどに迫ったときだった。

ふいに、男が右手をふところにつっ込み、走りだした。そのとき、男の胸の辺りが、にぶくひかった。

——匕首《あいくち》だ！

男は疾走してきた。

迅《はや》い！　背中の荷物の重さをまったく感じさせない走りである。重そうなふりをしていただけだったのだ。

——逃げねば！

仙三郎は、反転して逃げようとした。

そこへ、匕首を手にした男がつっ込んできた。

男が仙三郎の脇を擦り抜けざま、匕首で脇腹をえぐるのと、ワッ！　と悲鳴を上げて、太助が横に跳んで逃げるのとが同時だった。

仙三郎は脇腹に焼き鏝《ごて》を当てられたような衝撃を受け、喉のつまったような呻《うめ》き声を上げてよろめいた。

男は仙三郎と擦れ違うと、足をとめ、敏捷な動きで反転した。そして、よろめいている仙三郎にふたたび襲いかかったのだ。男は獲物に飛びかかる野犬のような動きで仙三郎の脇へ走り寄ると、手にした匕首を一閃させた。

ビュッ、と仙三郎の首筋から、血が赤い筋になって飛んだ。男のふるった匕首の先が、仙三郎の首筋を掻《か》き断ったのである。

仙三郎は悲鳴も上げず、血を撒き散らしながら腰から沈むように転倒した。

男は倒れている仙三郎に顔をむけると、菅笠の縁をつかんでわずかに顔を上げた。

仙三郎の最期を確認したようである。

面長で目の細い男だった。般若の利助である。利助の口元にうす笑いが浮いたが、すぐに消え、表情のない顔にもどると、すこし前屈みの格好で通りを走りだした。

数瞬の出来事だった。太助は、蒼ざめた顔で路傍につっ立っていたが、利助が走り去るのを見て、

「人殺しい！」

と、喉の裂けるような声で叫んだ。


それから、小半刻（三十分）ほど過ぎた。竪川沿いの通りは、淡い夜陰につつまれている。倒れている仙三郎のまわりには幾重にも人垣ができていた。陽が沈んだ後ということもあって、女子供の姿はなかった。通りすがりの男や近所に住む男たちが多かったが、太助の他に一吉のあるじの吉左衛門、それに包丁人の姿などもあった。

その人垣の後ろに、目立たないように平兵衛が立っていた。平兵衛の住む庄助長屋は、この場から近く、長屋の住人が噂しているのを耳にして駆けつけたのである。

――殺し人の仕業だな。

平兵衛は直感した。

刀で斬られたのではないようだが、見事な手並である。下手人は擦れ違いざま仙三

郎の脇腹を斬り、取って返して、さらに首筋を斬って仕留めたのだ。おそらく、武器は匕首であろう、と平兵衛は見てとった。死神と呼ばれる牢人ではないはずだ。

匕首を巧みに遣う男らしい。弥左衛門の下には、利根造の他にも町人の殺し人がいるようである。

殺された仙三郎の脇に屈み込んでいる吉左衛門の顔が、悲痛にゆがんでいた。吉左衛門にとって、仙三郎はもっとも頼りになる腹心だった。それに、親分子分の関係ではあったが、盗賊だったころから共に世を渡ってきた仲間でもあった。吉左衛門にとって、仙三郎の死は大きな痛手のはずだった。

――それにしても、弥左衛門は恐ろしい男だ。

と、平兵衛は思った。

弥左衛門は地獄屋の者たちを皆殺しにするだけなく、肝煎屋も自分の思いのままに動かそうとし、従わなければ容赦なく始末する気なのだ。

吉左衛門は、この後どう動くであろうか。当然、吉左衛門も仙三郎が弥左衛門たちの手にかかったことは察知したはずだ。

吉左衛門は死んだ仙三郎の脇に屈み込んだまま動かなかった。その体を夜陰がおおい始めている。

4

右京は、両国広小路の雑踏のなかを歩いていた。そこは、両国橋の西の橋詰で、江戸でも有数の盛り場である。様々な身分の老若男女が行き交い、靄《もや》のような砂埃《すなぼこり》がたちこめていた。大勢の通行人の話し声、子供の泣き声、町娘の笑い声などが聞こえ、物売りの声や見世物小屋の甲高い呼び込みの声などがひびいている。

右京は人の流れのなかを飄然《ひょうぜん》と歩いていた。両国橋を渡って、本所相生町へ行くつもりだった。平兵衛に、たまには長屋に顔を出せ、と言われていたこともあったが、磯次郎が殺されたことを耳にして、弥左衛門一味のその後の動きを聞きたい気もあったのだ。

右京のすぐ後ろを色白の年増が歩いていた。おえんである。

おえんは、柳原《やなぎわら》通りを歩いている右京の姿を目にして跡を尾け始め、両国広小路の人混みのなかに入ると、すぐ後ろまで近付いてきた。

まだ、右京はおえんに気付いていない。

おえんは隙《すき》があれば、帯の後ろに隠した特製の針で、右京の首筋を刺すつもりだった。おえんは、右京の背後について歩いていた。その動きは巧みだった。手を伸ばせば、右京の首筋まで届く距離だが、うまく右京と自分との間に通行人をひとり置き、盾《たて》のように使っていたのだ。

ただ、右京がすこしでも背後を気にする素振りを見せたら、自分から声をかけるつもりだった。いっしょに歩いていても、針を刺す機会はあるのである。

——隙がないねえ。

おえんは、右京の隙をうかがっていたが、いまならやれるという機会がなかった。雑踏のなかでも、右京の後ろ姿には隙がなかったのだ。

いっときすると、右京は西詰の雑踏を抜け、両国橋を渡り始めた。橋の上も賑やかだったが、肩が触れ合うような混雑ではなかった。

——だめだね。

おえんは、後ろから針を刺すのを諦めた。

「か、片桐さま」

おえんは、前にいる行商人らしき男を押し退《の》けるようにして、右京に近付いた。

「おふささんか」

右京が振り向いて言った。

おえんは、右京にはおふさと名乗っていたのだ。

「この前は、助けていただき、ありがとうございました」

おえんは恥じらうような素振りを見せながら、やさしい声で言った。

「いや、たいしたことではない」

右京は歩調をゆるめたが、足はとめなかった。

「片桐さま、どちらへ」

おえんが、右京の背後に身を寄せながら訊いた。

隙があれば、いつでも帯から針を取り出せるように、おえんの右腕は帯のちかくに置かれたままである。

「そこまでな」

右京は庄助長屋のことは口にしなかった。それに、右京の意識の底には、おふさと歩いているところをまゆみに見られたくない気もあったのだ。

「あたしは、緑町の叔母《おば》のところへ」

おえんは、口から出任せを言った。緑町は竪川沿いの町で、両国橋からはかなり先だった。

「叔母が緑町にいるのか」

「はい、若いころから世話になっている叔母です」

おえんはもっともらしいことを言って、さらに身を寄せた。

だが、右京に針を刺す機会はなかった。両国橋を渡り終えて東の橋詰へ出ると、通行人がまばらになったからである。

おえんは、右京からすこし身を離した。右京のような遣い手になると、相手のわずかな呼吸の乱れや声の調子から殺気を感じとることを、おえんは知っていたのだ。

両国橋の橋詰を抜けて竪川沿いの道へ出ると、人通りが急にすくなくなり、辺りが静かになった。竪川の汀《みぎわ》に寄せる波の音が、足元から聞こえてくる。

——だめだね。

おえんは、この通りで右京を刺すのは無理だと思った。

ただ、落胆はしなかった。狙った獲物を長い間尾けまわし、まちがいなく仕留められる機会がくるまで、じっくり待つのがおえんのやり方だった。殺しは、焦《あせ》ったら負けなのである。

相生町へ入ってしばらく歩くと、右京は足をとめた。左手の路地へ入ると、庄助店である。これ以上、おえんといっしょに歩くわけにはいかなかった。

「おれは、ここで別れる」

そう言うと、右京はおえんをその場に残して、左手にまがった。

おえんは路傍に立ったまま、右京の後ろ姿を見送っていた。

——ちかいうちに、おまえさんの命はもらうよ。

そうつぶやいて、おえんは口元に不敵な笑いを浮かべた。


平兵衛の家の腰高障子の前に立つと、まゆみと平兵衛の声が聞こえた。上がり框の近くで、茶でも飲んでいるらしい。

「安田さん、片桐です」

右京は障子の外から声をかけた。

まゆみの、右京さまだわ、という上擦った声が聞こえ、つづいて、平兵衛が、

「入ってくれ」

と、声をかけた。

障子をあけると、ふたりは座敷で茶を飲んでいた。研ぎの仕事の合間に一休みしていたのかもしれない。

「お邪魔ではないですか」

右京は笑みを浮かべてまゆみに目をやった。

まゆみの顔がこわばっていた。すこし痩《や》せたように見える。右京にむけられた目に、不安と戸惑いの色があった。

「わたし、茶を淹《い》れます」

まゆみが慌てて腰を上げ、右京の前から逃げるように土間の隅の流し場に立った。

右京は困惑したような顔をしたが、すぐに表情を消し、

「永山堂に、いい刀が入ったと聞きましてね。都合がついたら、ごいっしょしたいと思いまして」

と、静かな声音で言った。

「それは楽しみだ」

平兵衛も口を合わせた。

ただ、ふたりの会話はそこでとぎれ、いっとき重苦しい沈黙が部屋のなかをつつんだ。まゆみが急須で茶をつぐ音だけが、妙に大きく聞こえた。ふたりの男の視線は、まゆみの背にそそがれている。

右京が障子を照らす陽に視線を移して、

「だいぶ、涼しくなりましたねえ」

と、とってつけたように言った。

「どうだな、浅草寺にお参りにでもいかんか」

そう言って、平兵衛が、チラッとまゆみに目をやった。

まゆみの背が、ピクッと動いた。男ふたりの会話に、耳をかたむけているようである。

「いいですねえ。どうです、まゆみどのも、ごいっしょに」

右京が言った。

「えっ、ええ……」

まゆみは、右京に背を向けたまま喉のつまったような声を出した。行くのか行かないのか、分からない返事である。

「どうぞ」

まゆみは、顔をこわばらせたまま右京の膝の脇に湯飲みを置いた。

それから小半刻ほどして、右京は腰を上げた。まゆみとの間に気まずい雰囲気があり、腰が落ち着かなかったのである。

「そこまで、送ろう」

平兵衛が立ち上がった。

ふたりは、まゆみを部屋に残して路地木戸を出た。そして、竪川沿いの通りまで出たところで、右京が、

「まゆみどのは、どうかされたのですか。元気がないようでしたが」

と、歩きながら訊いた。

「わしが、片桐さんに訊きたい台詞《セリフ》だよ。ちかごろ、まゆみは考え込んでいるときが多くてな。片桐さんに、思い当たることはないのか」

「いえ、まったく」

右京は首をひねった。

「そうか。まァ、浅草寺にお参りにでも連れていけば、まゆみの気分も変わるだろう」

「そうですね」

「ところで、片桐さん、今日は何の用なのだ」

平兵衛は、右京が殺しの仕事にかかわることで訪ねて来たとみていたのだ。

「磯次郎が、殺されたと聞きましたが」

右京が小声で言った。

「磯次郎だけではない。肝煎屋の仙三郎も、殺られたのだ」

平兵衛が、仙三郎の死体を見たときの様子をかいつまんで話した。

「弥左衛門の配下の殺し人の仕業ですかね」

「まず、間違いない」

「敵の殺し人の手が、地獄屋だけでなく肝煎屋にも伸びてきたわけか」

「それにしても、手強い相手だな。殺しの腕も確かだが、わしらの動きも見透かしているようだぞ」

平兵衛が、顔をけわしくして言った。

「敵が仕掛けてくるのを待っていたら、殺られますね」

「そうだな、何とか先手を取らんとな」

殺し人同士の戦いは、先手をとられると不利である。それというのも、殺し人は相手の住処や腕のほどをつかんだ上で戦法を考え、仕留められると踏んでから仕掛けるからだ。

「それで、元締めたちは？」

右京が訊いた。

「探っているよ。孫八や嘉吉たちを使って、まず、敵の殺し人の塒《ねぐら》をつかもうとしているようだ」

「わたしらも、探りましょうか」

「そうだな。こうなったら、殺し人も繋ぎ役もないからな」

平兵衛も地獄屋の総力を上げて戦わなければ、弥左衛門たちに太刀打ちできないと思っていた。

5

腰高障子の向こうで、足音がした。誰かが近付いてくるようだ。聞き慣れた長屋の住人の足音ではない。忍び足である。

平兵衛は研ぎかけの刀を脇に置いて、腰を浮かせた。敵の殺し人が平兵衛の命を狙って押し入ってくるかもしれないのだ。

足音は腰高障子の向こうでとまった。息をつめて中の様子をうかがっているらしく、物音は聞こえず、気配だけした。

「旦那、安田の旦那」

ちいさな声が聞こえた。

どうやら、敵の殺し人ではないらしい。だれか分からなかったが、声に殺気だったたひびきはなかった。ただ、ひどく慌てている様子があった。

「だれかな」

平兵衛は仕事場をかこった屏風をずらして座敷に出た。幸い、まゆみは夕餉の菜を買うために近所に出ていた。

「嘉吉です」

「入ってくれ」

地獄屋からの使いらしい。それにしても、地獄屋からの用件は投文で知らせることが多いのだが、直接訪ねてくるのはめずらしい。火急の用があってのことだろう。

腰高障子をあけて入ってきた嘉吉は、顔をこわばらせて座敷に目をやった。平兵衛の他にだれもいないか確かめているようである。

平兵衛は、極楽屋の者たちに使いで長屋に来るときはまゆみのいないときにしてくれ、と強く言ってあったので、嘉吉は気を配ったようだ。

「家にいるのは、わしだけだ」

「旦那、極楽屋へ、すぐ来てくだせえ」

嘉吉が目を剝いて言った。

「どうしたのだ」

「孫八兄いと辰造がやられやした」

「なに！　孫八が殺されたのか」

思わず、平兵衛の声が大きくなった。

「辰造は死にやしたが、孫八兄いは生きていやす」

嘉吉によると、孫八は深手だが命はとりとめたという。いま、孫八は極楽屋で手当を受けているそうだ。

「極楽屋に、すぐ来て欲しいそうでして」

右京と朴念にも、極楽屋から使いが走っているという。どうやら、島蔵から何か話があるらしい。

「分かった。すぐ、行こう」

平兵衛は座敷にもどり、まゆみに置き手紙を書き、念のため来国光を腰に帯びた。

極楽屋の店内に、右京、朴念、島蔵、それに六助と又蔵の姿があった。いずれの顔もこわばっている。

「まず、孫八から話を聞いてみてくれ」

島蔵は、すぐに平兵衛を店の奥の座敷に連れていった。ついてきたのは、右京だけだった。すでに、朴念と他のふたりは孫八から事情を聞いているのだろう。

孫八は夜具の上に横たわっていた。額と胸から腹にかけて分厚く晒《さらし》が巻かれ、赭黒い血に染まっている。

「ヘッヘ……。面目ねえ」

孫八は平兵衛たちの顔を見ると、照れたように笑い、身を起こそうとした。

「起きるな。まだ、血はとまっちゃァいねえんだ」

島蔵が強い声で制した。

「わ、分かった」

孫八はおとなしく仰向けになったまま顔だけ平兵衛たちにむけた。

「話せるのか」

平兵衛は孫八の枕元に座した。脇に、島蔵と右京も腰を下ろした。

「へい、てえした傷じゃァありませんや」

孫八がそう言うと、

「額を三寸ほど横にやられている。それに、脇腹だ。あと、一寸深かったら臓腑までとどいていたな。いまごろ、おだぶつだ」

島蔵が仏頂面《ぶっちょうづら》をして言い添えた。

「それで、だれにやられた」

平兵衛が、声をあらためて訊いた。

「あっしらを襲ったのは、ふたりでさァ。ひとりは死神、もうひとりは職人のような格好をした男で、手ぬぐいで頰っかむりしてやした」

孫八によると、昨日の夕暮れ時、辰造と二人で仙台堀にかかる亀久橋《かめひさ》のたもとまで来たとき、橋のたもとの樹陰から突然死神と職人ふうの男が飛び出してきて、孫八たちに襲いかかったという。

「あっしには、死神が斬りかかってきやした。辰造には、頰《ほお》っかむりした男でさァ」

咄嗟《とっさ》に、孫八はふところに呑んでいた匕首を抜いて応戦したが、すぐに額と脇腹を斬られたという。

――こいつには、太刀打ちできねえ。

孫八はそう思い、手にした匕首を死神の顔めがけて投げつけ、一瞬死神がひるんだ隙をついて逃げ出した。

死神は追ってきた。孫八との間がつまってくる。足は孫八の方が速かったが、脇腹に傷を負ったこともあって、まともに走れなかったのだ。

これまでか、と思ったとき、店仕舞いした表店のなかから灯が洩れているのに気付いた。店先に縄暖簾《なわのれん》を出した飲み屋である。孫八は懸命に走り、その店に飛び込んだ。

　店内はせまかったが、客はいっぱいだった。血まみれになって飛び込んできた孫八を見て、客たちは仰天した。悲鳴を上げる客や慌《あわ》てて店から飛び出す客などもいて、店内は大騒ぎになった。孫八は客にかまわず、店内を走り抜け、板場から裏手へ飛び出した。

「死神は、店のなかまでは追ってきやせんでした」

　孫八は、辰造のことが心配だったが、引き返すことはできなかった。仕方なく、孫八は死神たちに見つからないように裏路地をたどって極楽屋までたどりついたそうである。

「孫八から話を聞き、奥にいる者たちを引き連れて亀久橋まで行ってみたんでさァ」

　島蔵が言い添えた。

　辰造は胸を刃物で刺され、血達磨《だるま》になって死んでいたという。

「おそらく、匕首でさァ。一突きで殺られたようだ」

　島蔵によると、その夜のうちに辰造の死体は極楽屋で引き取ったそうだ。まだ、埋葬してないが、今日中には磯次郎の脇に埋めてやるという。

「極楽屋に出入りする者たちを、狙っているようだな」

磯次郎もそうだが、すでに孫八は二度も狙われているのだ。

「そのことで、気になることがありやしてね。それで、旦那たちに集まってもらったんでさァ」

島蔵が声をひそめて言った。

6

京、朴念の三人だけに話したいらしい。

「おめえたちは、奥で一杯やってな」

店にもどった島蔵は、嘉吉、六助、又蔵の三人を奥の座敷にやった。平兵衛、右京、朴念の三人だけに話したいらしい。

嘉吉たちが店から出ると、

「ここに集まってくれ」

島蔵は、平兵衛たち三人を隅の飯台に腰を下ろさせた。

「どうも、この店が見張られているような気がしてならねえんだ」

島蔵が声をひそめて言った。

「わしも、そんな気がする」

平兵衛が言った。これまで三度、極楽屋を出てから待ち伏せされていた。しかも、狙われたのは、何らかの形で殺しの仕事にかかわっている者ばかりである。

「おれと孫八が、狙われたときもそうだ。端《はな》から、おれたちが来ると分かっていて待ち伏せしていたにちがいねえ」

朴念が言い添えた。

「だがな、見張っているやつがいねえんだ」

島蔵によると、これまで何度か、極楽屋の者たちを使って、店の周辺を探らせたという。ところが、店を見張っているような者は見当たらなかったそうだ。

「妙だな」

平兵衛が首をひねった。

「敵と内通してる者がいるのではないか」

右京が表情も変えずに言った。

「おれも、そう考えてみたんだが……」

それらしいのが、いねえんだ、と島蔵が、つぶやくような声で言った。

次に口をひらく者がいなかった。四人の男を重苦しい沈黙がつつみ、奥の座敷で飲んでいる男たちの声だけが、ぼそぼそと聞こえてきた。

「どうだな、囮《おとり》を使ったら」

平兵衛が顔を上げて言った。

「囮だと?」

島蔵が平兵衛に顔をむけて訊いた。

「内通者にしろ見張りにしろ、店の近くにいて、殺し人に知らせているのではないかな」

「そうだろうな」

「わしが囮になって、おびき出そう」

平兵衛が、島蔵たち三人に顔を寄せて策を話した。

「そいつは、いいや」

話を聞いた朴念が、ニヤリと笑った。

その日、平兵衛たちは午後まで極楽屋で過ごした。そして、七ツ(午後四時)ごろ、右京と朴念が先に帰った。平兵衛だけ店に残り、孫八と話したり、島蔵相手に酒を飲んだりして過ごし、暮れ六ツ(午後六時)の鐘が鳴ってから腰を上げた。

平兵衛はほとんど酒を飲まなかったが、酔っているふりをし、わざとおぼつかない足取りで極楽屋を出た。平兵衛を途中で待ち伏せして仕留めるなら、絶好の機会のはずである。極楽屋を出た平兵衛はゆっくりとした足取りで掘割にかかる橋を渡り、仙台堀の方へ足をむけた。

辺りは暮色に染まり、潮の香を含んだ風が堀沿いの雑草をなびかせていた。人影のない木場や空地の多い地が、渺茫《びょうぼう》とひろがっている。

平兵衛は、それとなく背後を振り返って見た。どこにも尾けている人影はなかった。

掘割にかかる橋から半町ほど離れた空地に、朽《く》ちかけた廃屋《はいおく》があった。むかし、木場の倉庫だった建物らしい。その廃屋のなかに、人影があった。朴念である。いつ着替えたのか、朴念は夕闇にまぎれるような柿色の筒袖に同色の裁衣袴《たつつけ》だった。朴念は朽ちてはずれた板壁の隙間から、平兵衛の後ろ姿と極楽屋に目をやっていた。平兵衛の跡を尾ける者がいるかどうか見張っていたのである。

平兵衛の後ろ姿が、仙台堀にかかる要橋の近くまで遠ざかったときだった。極楽屋の店先に、男がひとり姿をあらわした。

——又蔵だぜ！

又蔵は足早に掘割にかかる橋を渡り、要橋の方へ小走りにむかっていく。闇にとける紺の半纏に黒股引姿である。

——又蔵が、敵とつながってたのかい。

朴念の顔に憎悪の色が浮いた。これまで、味方とみていた又蔵に裏切られたと思ったからである。

朴念は廃屋から出ると、小走りに掘割にかかる橋を渡った。体軀は大柄だが、動きは敏捷《びんしょう》である。朴念は、丈の高い雑草や木場の材木の陰などに身を隠しながら、巧みに又蔵の跡を尾けていく。

又蔵は仙台堀沿いの道へ出て、東平野町《ひがしひらのちょう》へ入ると、ふいに右手の細い路地へまがった。

——どこへ行くつもりだ。

朴念は走りだした。又蔵の姿が見えなくなったのである。朴念は懸命に走った。ここで又蔵を見失いたくなかった。せっかく、平兵衛が命を的にして弥左衛門たちの犬をおびき出したのに、何の役にもたたなくなるのだ。

又蔵が入った路地まで来て、町屋の陰から路地の先に目をやると、又蔵の後ろ姿が見えた。まだ、小走りだった。表長屋や小店がごてごてつづく路地である。

朴念は板塀や天水桶の陰などに身を隠しながら、又蔵の跡を追った。

又蔵はすぐに左手の路地へまがった。朴念も同じ路地へ入った。又蔵の足はさらに速くなった。駆け足である。どうやら、又蔵は仙台堀沿いと並行している路地をたどり、平兵衛より先へ出ようとしているらしい。

又蔵は二町ほど走ると、路地沿いにあった稲荷《いなり》に飛び込んだ。路地に面して赤い鳥居があったので、稲荷と分かったのである。ちいさな稲荷だが、欅《けやき》や樫《かし》などの深緑が境内をかこっていた。

朴念が路地の天水桶の陰に身を隠すのとほぼ同時に、鳥居をくぐって人影が飛び出してきた。三人だった。又蔵、氷影、利助である。

——出やがったな。

朴念は、この稲荷が又蔵と敵の殺し人たちとの連絡場所であることを察知した。三人は、小走りに路地を走った。先まわりして平兵衛を待ち伏せするのであろう。

朴念は三人の跡を尾けた。尾行は楽だった。三人は自分たちが尾けられているなどとは思ってもみないらしく、振り返って見ようともしなかったからである。

又蔵たち三人は、仙台堀沿いの道に出た。道筋は夕闇につつまれ、人影もなくひっそりとしていた。道沿いの表店は店仕舞いし、濃い暮色につつまれている。

又蔵たち三人は、路傍の物陰に身を隠した。氷影と利助が十間ほど距離を取って、通りの左右に隠れ、又蔵だけはかなり後方の店仕舞いした表店の軒下闇のなかに身を隠した。どうやら、平兵衛を襲うのは氷影と利助らしい。地獄屋にもぐり込んでいる又蔵は、できるだけ姿を見せないようにしているようだ。

朴念は、又蔵から二十間ほど離れた堀沿いの柳の陰に身を隠し、すばやく手甲鈎を嵌めた。戦いの状況によって、平兵衛の助太刀にくわわるつもりだった。

7

平兵衛は、辺りに目を配りながら仙台堀沿いの道をゆっくりと歩いていた。ときおり、それとなく振り返り、背後に目をやった。半町ほど後ろに人影があるのに、気付いていた。右京である。右京は、平兵衛の尾行者に気を配りながら、大きく間を取って平兵衛の跡を尾けていたのだ。

右京は平兵衛が襲われたとき、助太刀にくわわることになっていたのだ。

——他に、尾けてる者はおらんな。

右京以外に尾行者はいないようだった。

このとき、又蔵は脇道をたどって先まわりしていたのである。

ただ、平兵衛はどこかで死神たちが襲ってくるだろうとみていた。堀沿いの道の不気味な静けさが、その感を強くさせている。

前方に仙台堀にかかる海辺《うみべ》橋が見えてきた。黒い橋梁《きようりよう》が濃い暮色のなかに浮かび上がったように見えている。

そのとき、前方の町家の角から人影が通りにあらわれた。総髪で痩身。大刀だけを落とし差しにしていた。その身辺に、殺気がただよっている。

ふいに、平兵衛の手が震えだした。強敵を前にすると、恐れと気の昂《たかぶ》りで、手が震えだすのだ。

――こやつが、死神か！

平兵衛は腰の来国光の鍔元《つばもと》を握り、鯉口を切った。

まだ、手が震えていた。こうしたとき、酒を飲むと震えはとまるのだが、いまは酒を持ち合わせていない。

氷影は、ゆっくりとした足取りで歩を寄せてきた。

平兵衛は足をとめ、ひとつ大きく息を吐いた。気を鎮めて、すこしでも手の震えをおさえようとしたのである。

と、背後で別の足音がした。獲物にそっと近付く獣のような足音だった。

平兵衛は後ろを振り返った。姿を見せたのは利助である。利助は黒の半纏に股引。手ぬぐいで頰っかむりしていた。むろん、平兵衛は利助の名は知らない。

——挟み撃ちか！

これまで、この手で朴念や孫八たちを襲ってきたのであろう。

氷影は五間ほど間合を取って足をとめた。平兵衛を見すえた細い目が、刺すようなひかりを帯びている。

氷影は両腕を垂らし、ゆらりと立っていた。身辺には多くの人を斬ってきたであろう陰湿で酷薄な雰囲気がただよっていた。

「おぬしが、死神か」

平兵衛が誰何《すいか》した。

「よく知ってるな」

氷影の顔に驚いたような表情が浮いたが、すぐに消え、刀の柄に右手を添えた。

「やる気か」

平兵衛も刀の柄をつかんだ。

「死神に憑かれて、生きている者はいないぞ」

氷影はゆっくりと刀を抜いた。その動きと合わせるように、背後から近付いてきた利助も、ふところから匕首を取り出した。

「わしを、斬れるかな」

平兵衛も抜刀した。

そのときだった。利助の背後から、走り寄る足音が聞こえた。右京だった。左手で刀の鍔元を握り、疾走してくる。

「旦那！　片桐だ」

利助が声を上げた。どうやら、片桐の名を知っているようだ。利助の顔に驚愕の表情が浮いている。右京がこの場にあらわれるとは思いもしなかったのだろう。

「利助、片桐を食いとめろ！　その間に、おれが安田を斬る」

氷影が怒鳴った。

思わず氷影が利助と声をかけたので、平兵衛にも町人体の男の名が利助であることが分かった。

「へい」

利助は反転して身構えた。すこしの間でも、右京を食いとめるつもりらしい。

右京は小走りに利助に迫ってきた。

「安田、いくぞ」

氷影が八相に構えた。

腰をわずかに沈め、切っ先を後ろにむけて刀身を寝かせている。その構えには、いまにも斬り込んでくるような気配があった。

——手練だ！

平兵衛は氷影の構えを見ただけで、遣い手であることが分かった。しかも、氷影の構えには、多くの真剣勝負で敵を斬って身につけたのであろう凄みと余裕が感じられた。

平兵衛は逆八相に構えた。虎の爪の構えである。

——妙だな。

と、平兵衛は感じた。

左肩に刀身を担ぐように構える平兵衛の逆八相は、滅多に目にしない構えのはずだった。真剣勝負で、いきなりこの構えを見せられれば驚いて当然である。ところが、氷影はまったく平静だった。

氷影は眉も動かさず、足裏をするようにしてジリジリと間合をせばめてきた。

平兵衛は全身に気勢を込め、虎の爪を仕掛ける機をうかがう。

そのとき、ギャッ！　という絶叫が聞こえた。利助だった。右京の一撃をあびたらしい。肩先が裂け、血が噴いている。

利助はよろめくように後ろへ逃れた。顔が恐怖でひき攣《つ》っている。

右京は青眼に構えたまま、なおも利助に迫っていく。

「旦那、だめだ！　こいつには歯が立たねえ」

利助が悲鳴のような声を上げて反転し、逃げるぜ！　と一声叫んで、走りだした。これ以上、右京の足をとめておくことはできないと思ったのであろう。

右京は利助を追わなかった。素早い動きで、氷影の右手へまわり込んできた。平兵衛に助太刀しようとしたのである。

一瞬、氷影が顔をしかめた。そして、後じさりして平兵衛との間合を取ると、

「安田！　勝負はあずけた」

と叫びざま、反転した。

平兵衛と右京は、氷影を追おうとはしなかった。氷影の逃げ足が速いこともあったが、当初から逃げる氷影たちを追ってまで勝負を決しようとは思っていなかったのだ。

氷影と利助の姿が、濃い夕闇のなかに溶けるように消えていく。

「あとは、朴念にまかせよう」

平兵衛が、ゆっくりとした動作で納刀した。

8

氷影と利助の姿が遠ざかると、表店の軒下闇に姿を消していた又蔵が、ちくしょう、と一声洩らし、軒下闇や物陰をつたうようにして、氷影たちの後を追って走りだした。

——ここからが、おれの出番よ。

朴念は胸の内でつぶやき、手甲鈎をはずして又蔵の跡を追った。

敵の殺し人たちが逃げた場合、その跡を尾けて行き先をつきとめるのが、朴念の任だったのだ。

前を行く又蔵は三町ほど行ったところで、氷影たちに追いついた。氷影と利助が歩調をゆるめて、又蔵が追いつくのを待っていたのである。

三人は何やら話しながら、仙台堀沿いの道を大川の方へむかっていく。

朴念は物陰や表店の軒下闇をつたいながら、又蔵たちの跡を尾けた。

氷影たちは大川端に突き当たると、仙台堀にかかる上ノ橋を渡り佐賀町へ出た。佐賀町へ入ってしばらく歩いたところで、又蔵だけが別れ、左手の細い路地へ入っていった。氷影と利助は、さらに大川端を川下へむかって歩いて行く。

朴念は左手の路地へはまがらず、氷影と利助の跡を尾けた。まず、ふたりの塒をつきとめようと思ったのである。

氷影と利助が入ったのは、佐賀町の永代橋ちかくにあった仕舞屋《しもたや》だった。黒板塀をめぐらせたこざっぱりとした妾宅ふうの家である。

——ここが、ふたりの塒か。

朴念は路傍の樹陰から、ふたりが入った家を見てニタリと笑った。やっと、殺し人ふたりの隠れ家をつかんだのである。

極楽屋にもどった朴念から話を聞いた島蔵は、

「裏切り者は、又蔵か」

そう言って、憤怒に顔を赭黒く染めた。

又蔵だと気付けば、思い当たることもあった。又蔵は極楽屋の者に平兵衛や朴念など殺し人のことを聞いていたし、ときどき店から姿を消すことがあったのだ。

又蔵は吉左衛門の口利きで、使うようになったのだが、吉左衛門が弥左衛門に与《くみ》しているとは思えなかった。おそらく、又蔵は先に吉左衛門のふところに入り込み、肝煎屋の仕事を探った上で、さらに極楽屋にもぐり込んだのであろう。

「元締め、又蔵をどうしやす」

朴念が訊いた。

「生かしちゃァおけねえ」

島蔵は、磯次郎や辰造が殺られたのは、又蔵の手引きがあったからだろうと思った。殺された者の敵を討つためにも、又蔵は地獄屋の者の手で始末したかったのだ。

「まず、又蔵の塒をつきとめねえとな」

又蔵が佐賀町の路地に入ったことしか分かっていなかった。その先を探り出さねばならない。

又蔵は極楽屋にもどってこなかった。敵の殺し人に内通していたことが、島蔵たちにばれたと感付いたのであろう。

その日の昼過ぎ、極楽屋から四人の男が出た。朴念、嘉吉、六助、浅五郎である。四人は島蔵の指示で、又蔵の隠れ家を探しに佐賀町へむかったのだ。

佐賀町の大川端をいっとき歩いた後、朴念は路傍に足をとめた。

「たしか、ここだぜ」

朴念は、昨夜又蔵が入った路地を指差した。

細い路地だった。通り沿いに小体な店や仕舞屋、長屋の路地木戸などがつづき、子供が路上で遊び、職人の女房らしい女たちが路傍で立ち話をしていた。江戸の裏路地で、よく見かける光景である。

「四人で、雁首《がんくび》をそろえて歩きまわるこたァねえ」

朴念は手分けして聞き込もうと思った。

「いいか、又蔵の年格好と人相を話して聞き込むんだ。ただし、地獄屋の者と分からねえようにしろよ。せっかく、又蔵の塒をつかんでも、逃げられちまっちゃァ元も子もねえからな」

朴念が、嘉吉たち三人に念を押すように言った。

「承知しやした」

嘉吉たちは、日暮れまでに、大川端にもどることを約して路地へ散っていった。

朴念は路地を歩き、又蔵が入りそうな酒屋、一膳めし屋、居酒屋などに立ち寄り、又蔵のことを訊いてみた。

なかなか又蔵のことは知れなかった。又蔵は、目立たないようにひっそり暮らしているのだろう。

——今日は駄目かな。

朴念が諦めかけたとき、路傍に赤提灯《ちようちん》を出した小体な飲み屋があるのが目についた。まだ、赤提灯に灯は点《とも》っていなかったが、店先に縄暖簾が出ていた。

戸口の引き戸をあけると、狭い土間に飯台がふたつあるだけの店で、まだ客の姿はなかった。

「だれか、いないか」

朴念は奥に声をかけた。

この日、朴念は小袖を着流し、黒の絽羽織という町医者らしい身装《みなり》で来ていた。昨夜のような格好では、かえって人目を引くからである。

すぐに、下駄の音がし、肩に手ぬぐいをひっかけた五十がらみの男が出てきた。この店の親爺のようである。

「何か、ご用ですかい」

親爺は、驚いたような顔で訊いた。町医者とは、縁のない商売である。

「すこし、うかがいたいことがありましてな」

朴念は町医者らしい物言いをして、親爺に近寄った。そして、ふところから財布を出して波銭をつかみ出し、親爺の手ににぎらせてやった。

「こいつは、すまねえ」

親爺は目を細めて愛想笑いを浮かべた。

「この近くに、又蔵さんは住んでいないいかな」

又蔵という名を使っていないだろう、と朴念は思ったが、そう訊いてみた。

「さァ……」

親爺は首をひねった。

「ちがう名だったかな。歳は三十がらみで、色が浅黒く目のきつい男だ。たしか、独り暮らしのはずだが」

朴念は又蔵の年格好と風貌を話した。又蔵の独り暮らしは、朴念の推測だった。深川に乗り込んできた殺し人の片割れが、肉親を連れてきていっしょに暮らしているとは思えなかったのだ。

「その男は、繁蔵《しげぞう》さんじゃァないかな」

親爺が首をひねりながら言った。

「どこに住んでるんです」

「半町ほど先に、四郎兵衛《しろべえ》店《だな》がある。そこに、二年ほど前に越してきたようだが……。たしか、柳橋の料理屋で、包丁人をしていると聞いたな」

「柳橋の料理屋！」

一吉だ、と朴念は察知した。二年ほど前に越してきたことも符合する。島蔵をとおし、吉左衛門の話として、又蔵は二年ほど前に一吉に来たと聞いていたのだ。

――まちがいねえ、繁蔵と名乗る男が又蔵だ。

朴念は確信した。

それでも、朴念は四郎兵衛店に足を運んで確かめてみた。

四郎兵衛店に入る路地木戸の脇に八百屋があったので、親爺に訊くと、繁蔵は柳橋の一吉という料理屋で包丁人をしていたと話した。

「ですが、繁蔵さん、ちかごろ長屋にいないようですよ」

親爺が不審そうな顔で言い添えた。

繁蔵が長屋を留守にしていたのは、極楽屋に住み込んでいたからである。

――又蔵、つかまえたぜ。

八百屋を出た朴念は、路地を歩きながらニタリと笑った。朴念の会心の笑みである。

第五章　逆　襲

1

平兵衛は朴念と嘉吉を連れ、佐賀町に来ていた。三人は四郎兵衛店の路地木戸が斜め前に見える下駄屋の脇の暗がりに身を隠していた。

朴念から話を聞き、又蔵を斬らずに捕らえて話を聞き出そうということになったのである。

暮れ六ツ（午後六時）を小半刻（三十分）ほど過ぎ、路地は淡い夕闇につつまれていた。すでに、路地沿いの店は店仕舞いし、ほとんど人影はなかった。ときおり、飲みにでも行くらしい若い男や夜鷹そば屋が通ったりするだけだった。

「旦那、あっしが様子を見てきやしょうか」

嘉吉が、焦《じ》れたような声で言った。すでに、平兵衛たちがこの場にひそんで一刻（二時間）以上経つ。

この場にひそむ前、通りで聞き込み、繁蔵は日暮れ時になると、めしを食いに長屋を出ることが多いと聞き、ここで待つことにしたのである。

「いや、もうすこし待とう」

平兵衛は、長屋に踏み込むのは最後の手段だと思っていた。長屋の住人に、繁蔵を捕らえたことが知れると、死神や利助に伝わり、ふたりが姿を消す恐れがあったからである。それから、さらに小半刻ほど過ぎた。路地は夜陰につつまれ、家並はひっそりと黒い輪郭を連ねている。

「だれか、出てきたぜ」

朴念が小声で言った。

見ると、路地木戸から町人体の男が路地に出てくるところだった。着物を尻《しり》っ端折《ぱしょ》りしていて、夜陰に白い脛《すね》が浮き上がったように見えた。

「又蔵だ！」

嘉吉が、声を殺して言った。

「よし、引きつけてから仕掛けるぞ」

そう言って、平兵衛は来国光を抜き、峰に返して握りしめた。

又蔵は、平兵衛たちには気付かないらしく、肩を振りながら近付いてきた。

ひそんでいる平兵衛たちのそばに、又蔵が近付いたとき、平兵衛が路地へ飛び出した。つづいて、朴念と嘉吉が又蔵の背後にむかって走った。

平兵衛は峰に返した刀身を左肩にかつぐように構え、又蔵の前に疾走した。白刃が青みを帯びたひかりを引き、夜陰を切り裂いていく。

迅《はや》い！　虎の爪の寄り身である。

又蔵が、ギョッ、としたように立ちすくんだ。夜陰のなかから黒い人影が飛び出したのは見えたが、平兵衛とは識別できなかったはずである。

それでも、又蔵はふところから匕首を取り出しざま、

「だれでえ！」

と叫び、匕首を構えようとした。

そこへ、平兵衛の迅雷《じんらい》の一撃が襲った。

袈裟ではなかった。逆八相から相手の胴へ。横一文字に刀身を払ったのだ。

ドスッ、というにぶい音がし、又蔵の上半身が折れたようにかしいだ。峰打ちが、腹へ入ったのだ。

又蔵は喉のつまったような呻《うめ》き声を上げ、がっくりと両膝を折ると、腹を押さえてその場にうずくまった。

すぐに、背後にまわった朴念と嘉吉が走り寄り、又蔵の両肩をつかんで押さえつけた。

「嘉吉、猿轡《さるぐつわ》をかませろ」

朴念が片腕を又蔵の胸のあたりにまわして、怪力でかかえ上げた。上体が起きた又蔵の口に、嘉吉が手早く猿轡をかませた。

又蔵は恐怖に目を剝いて、激しく身をよじったが、朴念の剛腕に押さえ込まれて逃げることはできなかった。

「連れていこう」

平兵衛が言うと、朴念は又蔵の腋《わき》に左手をまわし、又蔵の片手を肩にまわして右手でつかんだ。そして、肩で背負うような格好で又蔵を連れて足早に歩きだした。朴念の反対側に嘉吉がまわった。出会った者に見咎《とが》められないように、酔っ払いをふたりで運ぶような格好を取ったのである。

平兵衛たちは大川端へ出た。近くの桟橋に猪牙舟《ちよき》が舫《もや》ってあったのだ。夜とはいえ、佐賀町から吉永町まで町筋をたどって又蔵を運ぶことはできなかった。通行人が見咎めて、騒ぎたてるかもしれない。そのため、平兵衛たちは初めから捕らえた又蔵を舟で運ぶつもりで、猪牙舟を用意していたのだ。

又蔵を乗せた舟は大川から仙台堀に入り、極楽屋のすぐ前の掘割まで行って、又蔵を下ろした。

極楽屋から灯が洩れていた。男たちの声も聞こえる。島蔵や何人かの男たちが、待っているはずである。

店内には、島蔵、六助、浅五郎、それに右京の姿があった。右京は、平兵衛たちが出かけた留守に姿を見せたのである。孫八はいなかった。奥の座敷で休んでいるはずである。

「元締め、又蔵をつかまえたぜ」

そう言って、朴念が脇にかかえた又蔵を空き樽に腰掛けさせた。

又蔵はひき攣《つ》ったような顔をしていたが、怯《おび》えたような表情はなかった。開き直ったようである。目をつり上げ、睨むように島蔵たちを見上げていた。その顔には、狂気じみたふてぶてしさのようなものがあった。

「猿轡を取ってやれ。それじゃァ、話もできねえだろう」

島蔵が言うと、嘉吉が又蔵の後ろにまわって猿轡をといた。

「又蔵、おめえの名は？　又蔵じゃァねえよな」

島蔵が、ギョロリとした目で又蔵を睨みながら訊いた。

平兵衛たちはすこし身を引いて、島蔵と又蔵を取りかこむように立っている。

「玄十だよ」

玄十は隠さなかった。此《こ》の期《ご》に及んで、名を隠してもしかたがないと思ったのであろう。

「そうか、寝返り玄十ってえなァ、おめえさんかい」

島蔵は、寝返り玄十とよばれる殺し人がいることを耳にしたことがあったのだ。

「そうよ」

「玄十、どうだい。今度は、おれたちに寝返らねえかい」

「おれが寝返るのは、殺しの仕事のためだ。元締めや仲間を裏切ったりしねえ」

玄十が低い声で言った。

「見上げた心掛けだぜ。……それじゃァ、話を聞かせてもらうかな」

「おめえたちに、話すことなんぞねえよ」

玄十はふてぶてしい顔で言ったが、頰や首筋に鳥肌が立っていた。やはり、恐怖を感じているようだ。

「まァ、そう言うな。安田の旦那を襲ったふたりは、死神と利助だな」

島蔵が低い抑揚のない声で訊いた。その物静かな物言いには、心底を凍らせるような凄みがあった。

「よく知ってるじゃァねえか」

「こっちも、探りを入れてたからな。それで、死神の名は」

「氷影柳三郎だよ」

いっとき間をおいてから、玄十が答えた。死神と分かっているなら、名を隠すこともないと思ったようだ。

「氷影か」

島蔵は氷影の名も聞いたことがあった。凄腕の殺し人で、頼まれた殺しに失敗したことがないという噂だった。ただ、弥左衛門の許にいることは知らなかった。

「氷影と利助、それに寝返りの玄十か。それで、他の殺し人は？」

島蔵は三人だけではないような気がしていた。

「おめえたちが始末した利根造だよ」

「そうだったな。利根造もいたな。他には？」

「さァな」

玄十は首をひねって見せた。この先は言えないということらしい。

「肝煎屋に来た男は、だれだい」

「知らねえな」

玄十はしらを切った。肝心なことはしゃべらないつもりらしい。

「しゃべれねえってことかい」

「ああ」

「玄十、ここは地獄だぜ。地獄の拷問《せめ》に耐えられるかい」

島蔵の口元にうす笑いが浮いた。ゾッとするような笑いである。

「やってみろい」

玄十の声がかすかに震えたが、双眸には挑むようなひかりがあった。

「いい度胸だ。朴念、こいつを押さえていてくれ。暴れだしちゃァ面倒だ」

「分かったぜ」

朴念が玄十の両肩先に手を置き、万力のような力で挟みつけるように押さえ込んだ。そうやって、玄十の両腕の自由も奪ったのである。

「好きなだけ、でけえ声を出しな。地獄の叫び声は、娑婆《しゃば》にはとどかねえことになってるんだ」

島蔵はそう言うと、ふところから匕首を取り出し、玄十の左手を取って飯台の上に置くと、その甲にいきなり切っ先を突き刺した。

グワッ、という呻《うめ》き声を上げて、玄十が上体をのけ反らせた。匕首は手をつらぬき、飯台にまで深く突き刺さっている。

「痛えかい。こうやると、もっときくぜ」

そう言うと、島蔵は匕首の刺さった玄十の左の二の腕をつかんで揺すった。

ギャァ！という凄まじい絶叫を上げて、玄十が身をよじった。手の甲が裂け、血が噴き出した。見る間に、左手は真っ赤に染まり、流れて出た血が飯台に赤い布をひろげるようにひろがっていく。

「どうだい、しゃべる気になったかい」

島蔵が、牛のように大きな目を玄十の顔に近付けて訊いた。

「しゃ、しゃべるかい！」

玄十が吐き捨てるように言った。顔は蒼白で、脂汗《あぶらあせ》が浮いていた。体は激痛と恐怖で激しく顫えている。

「それじゃァ、もっと痛くしてやらねえといけねえなァ」

島蔵はそう言うと、匕首の突き刺さっている玄十の左手の指をつかんだ。そして、今度は指を引っ張ったのである。

玄十は凄まじい絶叫を上げて、身を激しくよじった。

その拍子に、朴念が押さえていた手が右肩から離れた。その瞬間、玄十は突き刺っている匕首の刃に、右の手首を押しつけた。

ビュッ、と右手首から血が飛び散った。手首の血管《ちくだ》を斬ったのである。玄十は右手から噴出する血を撒き散らしながら、狂ったようにわめき声を上げた。

咄嗟《とっさ》の出来事だったので、島蔵も朴念も為す術がなかった。苦い顔をして、玄十の狂乱に目をむけている。

大量の血が噴出した。いっときすると、玄十はおとなしくなった。顔は土気色になり、手首からの出血も流れ出るだけになった。辺りはおびただしい血の海である。

玄十は首を垂れて弱々しい喘ぎ声を洩らしていたが、やがて動かなくなった。朴念に両肩をつかまれたまま息絶えたようである。

「死んじまったぜ」

朴念が眉宇を寄せて言った。

「まァ、いい。こいつは、死ぬまでしゃべらなかったろうよ」

島蔵は、死骸を片付けろ、と嘉吉や六助たちに指示して腰を上げた。

2

「間を置かずに攻めた方がいいな」

右京が抑揚のない声で言った。

氷影と利助の隠れ家が分かっているので、すぐに仕掛けてふたりを殺した方がいいというのだ。間をおけば、玄十が始末されたことを察知し、ふたりは姿を消すのではないかという。

「おれも、そう思うな」

島蔵が言い添えた。

「やろう」

平兵衛も、氷影と利助を斬るのは早い方がいいと思った。

「で、いつやる」

朴念が訊いた。

「明日の夜明けはどうだ」

「いいだろう」

相手の寝込みを襲うのが、もっとも確実なやり方である。未明なら、氷影も利助も眠っているはずである。

「それで、だれが襲う？」

右京が訊いた。

「片桐さんも手を貸してくれ。氷影も、利助も腕が立つ。それに、相手の隠れ家を襲うのだ。地の利はむこうにある」

平兵衛は、様子の分からない他家に押し入る危険を知っていた。

「いいですよ」

片桐は答えると、すぐに、朴念が、

「おれも行くぜ」

と、身を乗り出してきて言った。

「それじゃァ三人に頼む。それに、念の為に嘉吉もつけよう」

島蔵によると、万一氷影か利助が逃げた場合、嘉吉に跡を尾けさせて行き先をつきとめさせるという。抜け目のない男である。

「それでは、一眠りさせてもらうかな」

平兵衛が言った。佐賀町までは、猪牙舟で行くことになるだろうが、まだ、未明までは時間があった。すこしでも眠っておいた方がいいのだ。

平兵衛たちは、島蔵が用意してくれためしを食った後、奥の座敷に横になった。目を覚ましたのは、まだ暗い内だった。はっきりした時間は分からないが、東の空がかすかに明るくなっているので、暁七ツ（午前四時）を過ぎているころであろうか。

平兵衛が身支度をして極楽屋の戸口から出ると、嘉吉と右京が待っていた。嘉吉は手に貧乏徳利を提げている。

「孫八さんに言われやしてね。旦那のために用意しやした」

嘉吉が、平兵衛に身を寄せて言った。

平兵衛のために酒を用意してくれたらしい。平兵衛は強敵との戦いを前にすると、気が異常に昂《たかぶ》り、両手が激しく震えだす。ところが、酒を飲むと気が鎮まり、手の震えがとまるのだ。

これまで、平兵衛は孫八と組んで殺しの仕事をすることが多かった。孫八は気をきかせて、平兵衛の気を鎮めるためにいつも酒を用意してくれたのだ。今回は傷を負って動けないため、嘉吉に酒を用意させたらしい。

「すまんな」

平兵衛は氷影と立ち合うつもりでいた。氷影は強敵である。おそらく、立ち合いが間近になれば、平兵衛の手は震えだすだろう。

そんなやり取りをしているところへ、朴念が顔を出した。

「すまねえ。すこし、寝過ぎちまったようだ」

朴念は照れたような顔で、寝惚《ねぼ》け眼《まなこ》を太い指でこすった。

舟の艪《ろ》は、嘉吉が握った。頭上にはまだ星が瞬《またた》き、掘割の水面は夜陰のなかに黒く伸び、波の起伏が星明りを映してかすかなひかりを反射《はね》ていた。辺りは夜明け前の深い静寂につつまれている。

舟は水押《みお》しで静かな水面を切り裂きながら、仙台堀を大川へとむかっていく。

嘉吉が佐賀町の桟橋に船縁を寄せると、平兵衛たちは舟から飛び下りた。東の空が茜《あかね》色を帯び、頭上の空も青みを増してきている。

平兵衛たち四人は大川端の道へ出た。

「こっちだ」

朴念が先に立った。氷影と利助の隠れ家を知っているのは、朴念である。

朴念は永代橋のたもと近くまで来ると、右手の路地へ入った。そして、半町ほど歩いたところで、足をとめた。

「あの家だよ」

朴念は路傍に足をとめて、突き当たりにある仕舞屋を指差した。黒板塀をめぐらせた妾宅ふうの家である。

家の右手は竹藪だった。左手には別の板塀があり、長屋になっていた。夜陰のなかに、長屋の棟が折り重なるようにつづいている。

路地には人影がなく、深い静寂につつまれていた。ただ、東の空はだいぶ明るみ、夜陰が薄れ、家屋や樹木の黒い輪郭がはっきりしてきた。

そのとき、平兵衛は自分の両手が震え出したのが分かった。気が昂り、体も硬くなっている。

「見ろ」

平兵衛は手をひらいて三人の男に見せた。

「いよいよですね」

右京の声は平静だった。平兵衛が強敵を前にすると、手が震え出すのを知っていたからである。

朴念は苦笑いして、仕舞屋に目をやっている。朴念も平兵衛の手の震えのことは知っていたのだ。

「旦那、一杯やってくだせえ」

嘉吉が貧乏徳利を差し出した。

「すまんな」

平兵衛は貧乏徳利の栓を抜くと、ゴクゴクと喉《のど》を鳴らし、途中何度か息をついだが、五合ほどの酒を一気に飲んだ。

いっときすると、こわばっていた顔に朱がさし、体全体が熱くなってきた。それとともに、手の震えがとまった。ちょうど萎《しお》れていた草木が水を吸って生き生きしてくるように、平兵衛の全身に気勢が満ち、丸まっていた背が伸び、剣客らしい毅然《きぜん》としたものが身体をおおってきた。

平兵衛は震えのとまった自分の手を見つめながら、

――斬れる！

と、思った。

真剣勝負の恐怖も、氷影に後れをとるのではないかという不安も霧散していた。虎の爪の命でもある敵を恐れぬ豪胆さがよみがえってきたのだ。

「まいろう」

平兵衛はゆっくりと仕舞屋へ近付いていった。

3

平兵衛たちは、仕舞屋をかこった黒板塀に身を寄せた。家のなかはひっそりとして、話し声も物音も聞こえなかった。

「まず、ふたりがいるかどうか確かめねばならんな」

踏み込むのは、それからである。

「おれが見てくる」

そう言い残し、朴念は足音を忍ばせて枝折り戸を押して敷地内に入った。そして、庭先にまわり、板壁に身を寄せて聞き耳をたてていた。

いっときすると、朴念がもどってきた。

「だれか分からねえが、ふたりいることはたしかだな」

朴念によると、庭に近い座敷からふたり分の鼾《いびき》が聞こえたという。その太いひびきから、ふたりとも男だろう、と言い添えた。

「まず、氷影と利助にまちがいあるまい」

平兵衛は言った。

「家に踏み込むか」

朴念が訊いた。

「だいぶ、明るくなってきたな」

平兵衛は頭上に目をやった。

空は青さを増し、星の瞬きは消えていた。東の空は茜色に染まり、町筋は白んでいた。家並や板塀などは色彩をとりもどしている。

これだけ明るくなれば、家のなかでも刀がふるえるだろう、平兵衛は思った。

「わしと朴念で踏み込む。片桐さんは、庭にいてくれ。どちらかが、飛び出すかもしれんからな」

「承知した」

そう言うと、右京は袴の股立《ももだち》を取った。

「あっしは、どうしやす」

嘉吉が訊いた。

「嘉吉は、どこかに身をひそめていて、どちらかが逃げたら跡を尾けてくれ」

ここで、逃がしても、さらに追いつめて討ちとらねばならなかったのだ。

「へい」

嘉吉は、すぐに庭と戸口の見える板塀の陰にまわって身を隠した。

「朴念、いくぞ」

平兵衛と朴念は、すでに戦いの支度ができていた。筒袖に裁衣袴《たつつけ》で来ていたのである。

朴念は、すばやく右手に手甲鈎を嵌《は》めた。家のなかに踏み込んでからでは遅いのだ。

氷影と利助が、家のなかのどこで寝ているかにもよるが、平兵衛が氷影を斬り、朴念が利助を仕留めることになるだろう。

平兵衛と朴念は、正面の戸口にまわった。庭の先は縁側になっていて、その先は雨戸がしめてあったので、そこから踏み込むことはできなかった。裏口もあるようだったが、台所から踏み込むより正面からの方が侵入しやすいと踏んだのだ。

正面には引き戸があった。朴念が手をかけて引くと、すこしあいた。心張り棒はかってないらしい。

朴念がちいさくうなずき、グイと戸を引いた。

と、ガタン、と大きな音がした。太い棒が、土間に倒れたような音である。

――しまった！

と、平兵衛は思った。

　氷影と利助は、夜中の侵入者に備え、戸を引いたら棒が倒れて音をたてるように仕掛けておいたのだ。氷影たちは、この音に気付いたにちがいない。

　だが、躊躇《ちゅうちょ》している間はなかった。一気に踏み込んで、氷影と利助を仕留めねばならない。

「踏み込むぞ」

　平兵衛が戸の隙間から土間へ入ると、朴念もつづいた。

　家の奥で、夜具を払いのけるような音と男の声がした。氷影と利助が起きたらしい。

　平兵衛は抜刀した。抜き身をひっ提げて上がり框へ飛び上がり、奥へつづく廊下へ走った。物音がするのは座敷を一間へだてた奥らしい。

「庭だ！　庭へ飛び出せ」

　という男の叫び声が聞こえ、奥の座敷の障子がガラリとあいた。廊下へ飛び出してきたのは、小柄な町人体の男だった。利助である。

「旦那ァ！　安田たちだ」

　利助が一声叫んで、廊下の向かいの部屋の障子をあけた。そこが庭に面した部屋らしい。つづいて、総髪の牢人体の男が廊下にあらわれた。大刀を一本ひっ提げていた。氷影である。

「氷影、勝負！」

平兵衛は低い逆八相に構え、廊下を疾走した。

だが、氷影は平兵衛にかまわず、利助につづいて向かいの座敷に飛び込んだ。庭へ逃れる気らしい。

「朴念、庭だ！」

叫びざま、平兵衛は氷影につづいて座敷に踏み込み、一枚だけあけられた雨戸の間から縁先に飛び出した。

庭では、右京が氷影と対峙《たいじ》していた。利助が右京の左手にまわり込もうとしている。すでに、手には匕首を握っていた。

「氷影、おまえの相手はわしだ」

平兵衛は叫びざま、氷影の脇へ走った。

「安田か。いいだろう、相手になってやる」

氷影は平兵衛に体をむけた。すでに、抜刀している。寝間着の裾を帯の後ろに挟み、両脛《すね》を剝《む》き出しにしていたが、動きに支障はないようだ。

氷影が平兵衛と対峙すると、右京が左手にまわり込んできて、利助に体をむけ、

「おまえは、おれが斬る」

と、抑揚のない声で言った。

「ちくしょう！　こうなったら、てめえは、おれが始末してやる」

利助が血走った目を右京にむけて、身構えた。上体をわずかに前に倒し、匕首を胸の前に突き出すように構えた姿は、牙を剝いた野犬のようだった。

そこへ、朴念があらわれ、庭へ身をおどらせた。

4

朝陽が家並の屋根の上に顔を出し、庭に射し込んでいた。その淡いひかりのなかに、平兵衛と氷影が立っていた。ふたりの長い影が庭に伸びている。

ふたりの間合はおよそ四間。平兵衛は逆八相の虎の爪の構えを取り、氷影は八相に構えていた。氷影は、以前立ち合ったときと同じように切っ先を後ろにむけて刀身を寝かせていた。身辺には、そのまま斬り込んでくるような気配がただよっている。

氷影は足裏で、地面を擦るようにして間合をせばめてきた。氷影の足の動きに合わ

せて、庭の朝露をふくんだ雑草が揺れ動き、朝陽を反射《はね》てキラキラとかがやいた。

——まだ、早い。

平兵衛は気を鎮めて、虎の爪を仕掛ける機をうかがっていた。

間合が狭まるにつれて、ふたりの間の剣気がしだいに高まってきた。緊張と静寂がふたりをつつみ、研ぎ澄まされた神経が敵の動きと気配にむけられている。対峙したふたりは、痺《しび》れるような剣の磁場のなかにいた。

とそのとき、利助の鋭い叫び声が静寂を劈《つんざ》いた。利助が、右京の斬撃を肩先に浴びたのである。

瞬間、氷影の寄り身がとまった。利助の叫び声で、剣気が乱れたのだ。

平兵衛はこの一瞬の隙を逃さなかった。平兵衛の全身に斬撃の気が疾《はし》った。

イヤアッ！

裂帛《れっぱく》の気合を発し、平兵衛が疾走した。果敢で鋭い虎の爪の寄り身である。一気に氷影との間合に迫った。

氷影は退《ひ》かなかった。寝かせていた刀身をわずかに立てて斬り込む気配を見せた。

構わず、平兵衛は走り寄りざま斬り込んだ。

袈裟へ。渾身の一刀である。

オオッ！

間髪をいれず、氷影も袈裟へ斬り込んだ。

二筋の閃光《せんこう》がふたりの眼前で合致し、甲高い金属音とともにふたりの刀身が跳ね返った。次の瞬間、ふたりは後ろへ跳びながら、ほぼ同時に二の太刀をふるった。一瞬の反応である。

平兵衛は敵の鍔元《つばもと》へ籠手《こて》をみまい、氷影は胴を狙って横に払った。

ザクリ、と氷影の右手の甲が裂け、血が飛んだ。一方、平兵衛の脇腹にも細い血の線がはしった。

ふたりは大きく背後に跳んで間合を取り、ふたたび八相と逆八相に構えあった。

氷影の右手の甲から流れ出た血が、手首をつたい、赤い筋になって流れ落ちている。平兵衛の脇腹からも血が滴り落ちていた。

「互角か」

氷影が顔をしかめて言った。

「そうかな」

平兵衛は互角と見ていなかった。平兵衛の脇腹の傷は浅く皮肉を裂かれただけである。戦いには何の支障もない。ところが、氷影の手の傷は深かった。しかも、刀を握る手である。存分に刀がふるえなくなるのは、あきらかだった。

「次は、そっ首を落としてくれるわ！」

氷影は威嚇《いかく》するように声を張り上げ、八相から斬り込んでくる気配を見せた。

その切っ先がかすかに揺れていた。手の甲の傷で気が異常に昂り、体に力が入り過ぎているのだ。

「参るぞ」

平兵衛は、自分から間合をせばめ始めた。

フッ、と氷影の腰が浮いた。平兵衛の動きに対応して刀身を立てたとき、手の甲から滴り落ちた血が、首筋に落ちたのである。

刹那《せつな》、平兵衛の全身に斬撃の気がはしった。平兵衛は裂帛の気合を発し、猛虎のように疾走した。

平兵衛の果敢さと気魄に押された氷影は、身を退こうとして後ろ足に重心を移した。瞬間、氷影の上半身が伸びた。

タアッ！

鋭い気合を発し、平兵衛が袈裟に斬り込んだ。

咄嗟《とっさ》に、氷影は刀身を前に伸ばして平兵衛の斬撃を受けようとした。

が、一瞬遅れた。

にぶい金属音がして、氷影の刀身が下がった。氷影は刀身で平兵衛の斬撃を受けたが、虎の爪の剛剣に押されたのだ。

平兵衛の切っ先が、肩先からそれて氷影の首根に入った。

次の瞬間、氷影の首根から血飛沫《しぶき》が驟雨《しゅうう》のように飛び散った。首筋の太い血管《ちくだ》を斬ったようだ。

氷影は、喘鳴《ぜんめい》とも悲鳴ともつかぬ細い声を洩らし、血を撒きながらよろめいた。氷影はなおも刀を構えようとして足をとめたが、一瞬棒立ちになっただけで、腰からくずれるように転倒した。

庭の雑草のなかにつっ伏した氷影の首筋から噴出した血が叢《くさむら》に飛び散り、かさかさと虫でも這っているような音をたてた。

氷影は伏臥《ふくが》したまま四肢を痙攣させていたが、いっときすると動かなくなった。絶命したらしい。

平兵衛はいっとき荒い息を吐き、血刀をひっ提げたまま氷影の脇につっ立っていた。

——終わったな。

平兵衛は胸の内でつぶやいた。平兵衛の朱を帯びた顔から修羅のような表情が消え、好々爺《こうこうや》のような穏やかな顔にもどっていく。

「さすが、安田の旦那だ」

朴念が、うす笑いを浮かべて近寄ってきた。

右京に目をやると、ゆっくりとした足取りで近付いてくる。どうしたわけか、近くに利助の姿がなかった。

「利助はどうした」

平兵衛が訊いた。

「逃げられた。いや、逃がしてやったのかな」

右京によると、利助は肩口に一太刀浴びると、匕首を捨てて逃げ出したという。

右京と朴念は庭を出るまで利助を追ったが、すぐに足をとめた。利助の跡を追おうとしている嘉吉の姿を見たからである。

「ここで斬るより、利助の跡を尾けて行き先をつきとめた方がいいと思ったのだ」

右京がそう言うと、朴念が、

「利助は、弥左衛門の許に逃げ込むかもしれねえからな」

と、言い添えた。

「なるほど」

平兵衛も右京たちの言うとおりだと思った。

「こいつは、家に運び込んでおいてやろう。犬にでも食われちゃァ、死神も形無しだからな」

そう言うと、朴念は血の滴る氷影の死体を抱き上げた。

5

町筋に朝陽が射し、朝の早いぼてふりや豆腐売りなどの売り声が聞こえてきた。表店では丁稚《でっち》が大戸をあけたり、店先を掃いたりしている。そろそろ明け六ツ（午前六時）だった。江戸の町が活況を呈してくる時間である。

利助は左肩の傷口に手ぬぐいを当て、人目を避けるように足早に歩いていた。格子縞の着物が、肩先から胸にかけて裂け、血に染まっていた。ただ、手ぬぐいをかぶせるように当てているので、そう思ってみなければ気付かないだろう。

利助は大川端の道を川上にむかって歩いていた。その跡を嘉吉が尾けていた。嘉吉は川沿いの樹陰や通行人の陰などに巧みに身を隠して尾けていく。

利助は尾行されているとは思わないらしく、背後を振り返るようなことはなかった。利助は、仙台堀にかかる上ノ橋のたもとまで来ると、足早に右手へまがった。そこは今川町だった。利助は仙台堀沿いの道を歩いていく。いっとき歩き、堀沿いにあった船宿の前で足をとめ、左右に目をやってから店に入っていった。

――この店か。

嘉吉は、弥左衛門の隠れ家ではないかと思った。

嘉吉は通行人を装って、船宿の前に足を運んだ。まだ、暖簾は出ていなかったが、二階建ての船宿としては大きな店である。店先の掛け行灯に、藤田《ふじた》屋と記してあった。

店の脇に石段があり、その先には仙台堀にかかるちいさな桟橋があった。三艘の猪牙舟が舫ってある。藤田屋の客の送迎用の舟であろう。まだ、船頭の姿はなかった。嘉吉は藤田屋の店先や桟橋にそれとなく目をやっただけで、通り過ぎた。これ以上、深追いは危険である。

嘉吉は、そのまま仙台堀沿いの道を極楽屋のある吉永町にむかって歩いた。店に入ると、平兵衛たちの姿があった。氷影を始末して、店にもどったらしい。

あるようだ。

「嘉吉、利助の行き先は分かったか」

声をかけたのは、島蔵だった。すでに、平兵衛たちから島蔵に今朝の顚末《てんまつ》を話してあるようだ。

「へい、今川町の船宿に入《へえ》っていきやした」

嘉吉が言った。

「船宿だと」

「藤田屋でさァ」

「藤田屋の店は知っているが、あるじはだれだったかな」

島蔵は首をひねって考え込んでいたが、豊五郎《とよごろう》って男じゃァなかったかな、と小声でつぶやいた。あまり自信はなさそうである。

「元締め、近所で聞き込めば、すぐ分かりまさァ」

と、嘉吉。

「弥左衛門は、そこにいるのかもしれんぞ」

平兵衛が言った。

「よし、すぐに藤田屋を洗おう。弥左衛門の首を取らねえことには、枕を高くして寝られないからな」

島蔵は立ち上がり、奥の座敷にいた六助と浅五郎を呼んだ。島蔵は嘉吉の話によっては、すぐに使えるようにふたりを奥に待機させておいたらしい。

「嘉吉、六助、浅五郎の三人で、藤田屋を探ってこい。藤田屋の者に、気付かれねえようにな」

島蔵が指示すると、嘉吉たち三人が立ち上がって、店から出て行こうとした。

「待て」

島蔵が呼びとめた。

「嘉吉、おめえはまだ朝めしを食ってねえだろう。握りめしでも食って、腹拵《ごしら》えをしてから行け」

「へえ、もう、腹がへっちまって」

嘉吉が首をすくめるように頭を下げて、空き樽にどかりと尻を落とした。

平兵衛と右京は、嘉吉たちが店を出てしばらくしてから腰を上げた。右京は、このまま長屋にもどるという。平兵衛もこれ以上長屋を留守にすると、まゆみに心配をかけると思ったのだ。

「安田さん、戦いはこれからのような気がするんですがね」

右京が仙台堀沿いの道を歩きながら言った。

「まだ、元締めの弥左衛門も富蔵と名乗った片腕の男も無傷だからな」

平兵衛も、勝負はこれからだと思った。

「それに、敵の殺し人もはっきりしません」

「利助の他にも、殺し人がいそうだな」

「ええ、須貝の盆の窪を刺して殺した者もいますよ」

右京が言った。

「そうだったな。それにしても、何者であろう。遣う武器も、男か女かも分かっていないからな」

まったく正体が分かっていないだけにかえって不気味だった。

「そやつ、すでにわれわれの身辺に忍び寄って、命を狙っているような気がしてならないんですがね」

右京がつぶやくような声で言った。

「いずれにしろ、油断できんな」

剣では太刀打ちできない相手かもしれない、と平兵衛は思った。

「ところで、まゆみどのはその後、どうですか」

右京がこともなげに訊いた。

「まァ、元気だ」

平兵衛は曖昧に答えた。ちかごろまゆみがふさぎ込んでいるのは、右京のせいらしいとは言えなかったのである。


それから三日後、平兵衛が極楽屋へその後の様子を訊きに行くと、島蔵、六助、浅五郎の三人が店にいた。

「旦那、藤田屋の様子が、だいぶ分かってきたよ」

島蔵が言った。

嘉吉たち三人が調べたことによると、三年ほど前まで藤田屋のあるじは清造《きよぞう》という男だったが、いまは広兵衛《こうべえ》という男だという。清造は遊び好きで、親から継いだ船宿の商売に身を入れなかったせいで左前になり、借金で首がまわらなくなった。それを聞いた広兵衛が居抜きで藤田屋を買い取り、いまも商売をつづけているそうだ。

「広兵衛だが、どこから流れてきたか分からないそうでね。それに、博奕《ばくち》打ちだったという噂もあるようだ」

島蔵が目をひからせ言った。

「広兵衛は、弥左衛門の子分か」

「そう見ていいでしょうよ」

「すると、弥左衛門はそこにひそんでいるのか」

「それが、はっきりしないんでさァ。……嘉吉たちがだいぶ探ったようだが、藤田屋にいるのは、広兵衛の他に年増の女将《おかみ》、若い衆がふたり、それに船頭がひとりいるだけのようだ。弥左衛門らしいのはいないらしい」

「うむ……」

だが、平兵衛は、藤田屋が一味の隠れ家になっているのはまちがいないような気がした。

「その広兵衛だが、四十がらみで大柄、頬がふっくらして目が細い」

「富蔵か！」

一吉にあらわれた富蔵と名乗る男と、年格好も人相もそっくりである。

「まず、まちげえねえ」

「となると、弥左衛門もそこにあらわれるな」

「おれも、そうみてましてね。いま、朴念にも手伝ってもらって、交替で見張らせている。ちかいうちに、弥左衛門の隠れ家もつかめるはずだよ」

島蔵がギョロリとした目で虚空を睨みながら言った。

6

まゆみは竪川沿いの道を歩いていた。今日、右京が長屋に来ると平兵衛から聞き、いつも茶だけだったので、茶請けにせんべいでも出そうと思い、両国橋の橋詰にある煎餅屋に買いにいった帰りである。

まゆみは煎餅の入った袋を抱え、竪川にかかる一ッ目橋のたもと近くまで来た。そのとき、岸辺ちかくの柳の樹陰に立っている女の姿が目に入った。色白で鼻筋の通った美人だった。

――あの女《ひと》だわ！

女の顔に見覚えがあった。竪川沿いのこの通りでならず者に襲われたとき、右京に助けられた年増である。

まゆみは、その場を通りかかった米俵を積んだ大八車の陰に身を隠しながら、女に目をやった。

――だれか、待っているようだわ。

と、まゆみは思った。女は樹陰に佇《たたず》んだまま通りに目をやっていたのだ。

大八車は女の前から遠ざかっていく。まゆみは、大八車から離れ、表店の脇にあった天水桶の陰に身を隠した。女が、右京を待っているのではないかと思い、このまま長屋へ帰ることができなかったのだ。

まゆみの脳裏に、右京と女が逢引している光景がよぎり、不安と絶望とで胸が張り裂けそうだった。

そのとき、両国橋の方から小走りにやってきた遊び人ふうの男が、スッと女の方へ近寄った。色の浅黒い、狐のような顔をした男である。

——あの男《ひと》、あのときの！

女に因縁をつけていた男ではないか！　どういうことだろう、とまゆみは思った。

男は女に身を寄せて、何やら話しているふうだったが、ふたりはその場を離れ、両国橋の方へもどっていった。

まゆみは、天水桶の陰から去っていくふたりの背を見送っていた。

事情は分からなかったが、まゆみは女と男がぐるになって騒ぎを起こしたのではないかと思った。女と男で何か悪事を謀《たくら》んで一芝居打ったような気がしたのだ。その悪事に、右京も引き込もうとしているのではあるまいか。

まゆみは胸騒ぎがした。まゆみは、右京が女にそそのかされて悪事に荷担するのではないかと思ったのだ。

そのとき、胸でバリッという音がした。煎餅の割れた音である。胸で煎餅袋を抱いた手に、思わず力が入ったようだ。

まゆみが長屋にもどり、茶を淹れる支度をしているところに、右京があらわれた。

右京はいつもと変わらぬ静かな物言いで、

「まゆみどの、お邪魔します」

と言ってから、持参した剣袋を、上がり框のそばに座していた平兵衛の膝先に置いた。

「これが、手に入れた刀ですが、すこし錆びてるんですよ。虎徹が鍛えた刀だと言う者もいるのですが、どうでしょうか」

右京がもっともらしい顔をして言った。

まゆみは、右京と顔を合わせたとき、ちいさく頭を下げ、何か言いたそうな顔をしたが、すぐに右京に背をむけて茶を淹れる用意を始めた。

「どれ、見せていただきましょう」

平兵衛は剣袋の紐《ひも》を解き、なかから刀を取り出した。黒鞘の粗末な拵えの刀である。その拵えから見ても、虎徹とは思わなかったが、平兵衛は無言のまま刀を抜いた。

錆びていた。刃もぼろぼろである。

――これは、だめだ。

と、平兵衛は思った。

虎徹でないことは一目で分かった。おそらく、名もない鈍刀であろう。研ぐだけ無駄だと思ったが、

「錆を落とさないことには、何とも言えませんね」

と言って、右京に話を合わせた。初めから、右京は刀などどうでもよく、刀の研ぎの依頼は長屋を訪ねる口実に過ぎないのだ。

「手のすいたとき、研いでみてください」

右京がすずしい顔で言った。

「承知しました」

平兵衛は錆びた刀身を鞘に納めた。

そのとき、まゆみが茶をついだ湯飲みと煎餅を盆に載せ、どうぞ、と言って、右京の膝の脇に盆ごと置いた。

「ありがたい、煎餅は好物なのです」

右京が目を細めて嬉しそうな顔をした。

まゆみは、平兵衛の脇に膝を折り、何か言いたそうな顔をして右京に目をやっていたが、言い出せないらしく、そのまま肩をすぼめて視線を膝先に落としてしまった。

右京と平兵衛は茶を飲みながら刀談義を始めた。


まゆみは、平兵衛の脇に座し、ふたりの話を聞いているようなふりをしていたが、話の内容はまったく耳に入っていなかった。

まゆみの胸にあったのは、竪川沿いの道で目にした年増と遊び人ふうの男のことである。右京は、ふたりがぐるになって騒ぎを起こしたことは、知らないはずである。何とか、そのことだけでも右京に話さなければいけないと思っていた。事情は分からないが、このままでは右京が女に騙され、悪事に荷担させられるのではないかという気がしたのだ。そして、右京を助けられるのは、自分だけだと思った。

まゆみの右京に対する気持ちが、まったく変わっていた。さっきまで、まゆみは右京が年増に心を寄せ、まゆみのことなど忘れているのではないかという不安と悋気《りんき》に苛《さいな》まれていたが、いまは右京を助けたい思いで胸がいっぱいである。

右京と平兵衛の話がとぎれたとき、まゆみは思い切って声をかけた。

「う、右京さま」

まゆみの声が震えた。

「なんでしょうか」

右京が静かな声で訊いた。

「わ、わたし、見たのです」

胸が高鳴っていたせいで、怒ったような口吻《こうふん》になった。まゆみの顔はこわばっている。

「何を見たのです」

右京の顔に訝しそうな表情が浮いた。いつもとちがって、まゆみが思いつめたような顔をしていたからだろう。

「右京さまは、竪川沿いで女のひとを助けたことがあるでしょう」

「ええ、それが、何か」

右京は隠そうともせず、他人事《ひとごと》のような物言いをした。その態度が、まゆみを勇気づけた。右京に、その女に心を寄せている様子が見られなかったからだ。

「そのとき、わたし、見ていたのです」

「そうでしたか」

「さきほど、一ッ目橋のたもとで、その女のひとと因縁をつけていた男が、会って何か話していたのです」

「ほう……」

右京の顔がけわしくなった。物静かな表情が消え、その白皙《はくせき》に疑念の表情が浮いた。だが、それはほんの一瞬で、すぐにふだんの穏やかな顔にもどった。

「わたし、あの騒ぎは、ふたりの狂言だったような気がするんです」

まゆみが身を乗り出すようにして言った。

平兵衛は驚いたような顔をして、ふたりの顔を交互に見ている。何を話しているか、平兵衛には分からなかったのである。

右京はいっとき、戸口の腰高障子に目をむけて考え込んでいたが、

「そうかもしれません。だが、何のために……」

掏摸《すり》かな、と右京は思った。

おふさが狂言を使って右京に近付き、ふところから財布を掏《す》ろうとしたのかもしれない。だが、あまりに手がこんでいる。それに、狂言を使ってまで近付くなら、右京ではなく、もっと金を持っていそうな相手を選ぶだろう。

「いずれにしろ、気を許してはならない女のようです。今後、気をつけましょう」

そう言って、右京はまゆみにちいさくうなずいて見せた。

右京は、女がおふさという名であることは口にしなかった。右京も、まゆみの前では女の名は言いづらかったのである。

まゆみの顔に、ほっとした表情が浮いた。そして、いままでまゆみの顔をおおっていた不安の翳《かげ》が消えたのである。

そのまゆみの顔を見て、平兵衛は、

——わしは蚊帳《かや》の外のようだが、ともかくよかった。

と、胸の内でつぶやいた。まゆみの胸の内にあった右京に対するわだかまりがとけたようなのである。

7

「右京さま、また来てくださいね」

まゆみは笑みを浮かべて、右京に声をかけた。まゆみの顔には、別れを惜しむ切なそうな表情があった。以前、右京との別れのときに見せていた顔である。

「また寄らせていただきます」

右京はそう言うと、土間に立っている平兵衛にちいさく頭を下げてからきびすを返した。まだ、暮れ六ッ（午後六時）前だったが、路地は夕暮れ時のように薄暗かった。厚い雲が空をおおっているせいらしい。

右京は路地から竪川沿いの通りへ出た。いまにも雨の降ってきそうな雲行きのせいか、通りの人影はまばらだった。通り沿いの表店の多くがいつもより早く店仕舞いし、大戸をしめてしまっていた。

右京が一ッ目橋のたもと近くまで来たとき、深川方面から年増がひとり橋を渡ってきた。右京は気付かなかったが、橋を渡ってくる下駄の音を耳にした。その音で、橋に目をやると、色白の年増だった。

「あら、片桐さま」

女の方で声をかけた。

――おふさか！

さきほどまで、まゆみと噂していたおふさである。

「嬉しい、また、会えたわ」

おふさは嬉しそうな笑みを浮かべ、足早に近付いてきた。

「この橋の近くに来ると、片桐さまに会えるんじゃァないかと思って、いつも通りに目をやってるんですよ」

おふさは、肩先が右京の二の腕に付くほど身を寄せてきた。

「どこへ行くのだ」

右京の声がぶっきらぼうになった。おふさに対する警戒の気持ちでそうなったらしい。

「家に帰るところです」

「そうか」

おふさの家は、豊島町だと聞いていた。

「また、ごいっしょしていただけますか」

おふさが、右京を見上げて訊いた。襟元からうなじと白い胸元が覗いている。かすかに脂粉の匂いがした。

右京は、ちいさくうなずいた。そして、両国橋の方へ歩きだした。

――この女、何をする気なのだろう。

右京の胸には、おふさの正体をつきとめたい気もあった。

おふさは、さらに身を寄せて跟《つ》いてきた。

右京は歩きながら、背後にいるおふさの息遣いや気配をうかがった。何か仕掛ける気があれば、異変を感じるはずだが、おふさに変わった様子はなかった。何か武器を持っているようにも見えない。

右京とおふさは、一ツ目橋のたもとを離れ、元町《もとまち》へ入った。そのとき、前方から足早に歩いてくる男がいた。黒の半纏《はんてん》に股引、手ぬぐいで頰っかむりして、すこし前屈みの格好で歩いてくる。

男と右京との間がつまってきた。右京は男に目をやった。手に武器を持っている様子はなかった。身辺に殺気もない。ただ、両肩に力が入り、緊張しているように見えた。

ふたりの間が、五間ほどにつまったとき、ふいに男が走り出した。真《ま》っ直《す》ぐ、右京に迫ってくる。

――やつだ！

おふさに、言いがかりをつけた狐顔の男である。手ぬぐいで頰っかむりしていたので、すぐに気付かなかったが間近になって顔が見えたのだ。

思わず、右京は左手で刀の鍔元を握り、鯉口を切った。右京の目は、迫ってくる男にそそがれている。

ただ、右京の脳裏の片隅にまゆみの話が残っていて、無意識のうちにおふさとの間を取っていた。

ふいに、おふさが右手を背後にまわした。そして、帯の後ろのふくらみに手を入れて、手製の針を取り出した。

そのとき、おふさの体が緊張し、殺気がはしったはずだが、右京はその異変に気付かなかった。眼前に迫った男に気を奪われていたからである。これが、おえんと敏造の殺しの手だった。敏造が、狙った相手の気を引き、その隙を衝いておえんが背後から盆の窪を針で突き刺すのである。

男が右京に走り寄った。男の顔がこわばり、目がつり上がっている。武器は手にしていなかった。そのまま右京に体当たりでも喰わすつもりであろうか。

男が右京のすぐ目の前に迫った。

と、おふさが針を握った右手を振り上げた。

一瞬、男の目が右京の背後にいるおふさに流れた。

おふさが踏み込んで、針を振り下ろすのと、異変を感知した右京が脇に跳ぶのとが同時だった。

おふさの針は、右京の盆の窪からそれ、左の肩先をかすめ空を引き裂いた。

「女、おまえか！」

叫びざま右京は抜刀し、眼前に迫った男に一太刀あびせ、身をひるがえして、おふさに迫った。

おふさは驚愕に目をつり上げ、一瞬棒立ちになったが、

「ちくしょう！　殺してやる」

叫びざま、握った針を振り上げた。

おふさは顔を豹変させていた。蒼ざめて目をつり上げた顔には、般若《はんにゃ》を思わせるような凄絶さがあった。殺し人の本性をあらわしたようだ。

男は肩口から血を流し、悲鳴を上げて逃げていく。それほどの深手ではないはずだが、戦意は喪失したらしい。

「おふさ、須貝を殺ったのはおまえだな」

「そうさ、あたしの名はおえんだよ」

おえんは針を握った右手を振り上げたまま、右京に迫ってきた。おふさは偽名で、おえんが本当の名らしい。

「女とて、容赦はせぬ」

言いざま右京は八相に構え、一歩踏み込んだ。

「こ、殺してやる！」

叫びざま、おえんが右京の首筋を狙って針を振り下ろした。その瞬間、右京は脇に跳びながら横に刀身を払った。

ピッ、と血が飛び、おえんの首が後ろへかしいだ。次の瞬間、おえんの首筋から血が勢いよく噴出した。その血が、右京の目に赤い帯のように映った。

右京の一颯《いっさつ》が、おえんの喉を横に斬り裂いたのである。

おえんは、血を噴出させながら前によろめき、腰からくずれるように転倒した。悲鳴も呻き声も上げなかった。地面に仰臥したおえんは、血まみれの顔を右京にむけたまま息絶えた。ひらかれた白い目が、真っ赤な血のなかに浮き上がったように見えている。

——恐ろしい女だ。

と、右京は思った。

おえんの死体は、逃げた男が引き返してきて始末するだろう。ふたりは、組んで殺しの仕事を実行していたようだ。

まゆみの話がなかったら、ふたりの術に嵌《は》まっていただろう。

——まゆみどのに、助けられたようだ。

胸の内でつぶやくと、右京は血塗れた刀身を懐紙でぬぐって鞘に納めた。
右京は濃い夕闇につつまれた竪川沿いの通りをゆっくり歩きだした。

第六章　隠れ家

1

店の隅に置かれた燭台の火が、男たちの顔に深い影を刻んでいた。ときどき、表の引き戸の隙間から風が流れ込み、燭台の火を揺らすたびに男たちの影も揺らしている。

極楽屋の店内に七人の男が集まっていた。島蔵、平兵衛、右京、朴念、嘉吉、六助、浅五郎である。男たちがかこんでいる飯台の上には銚子と猪口《ちよこ》が置いてあったが、手を伸ばす者はすくなかった。

「須貝を殺《や》ったのは、おえんという女か」

島蔵がつぶやくような声で言った。

「そのようです」

右京は表情のない声で答えた。

「その女も、弥左衛門が使っていた殺し人のようだな」

平兵衛が言った。

「まちがいない。それにしても、女の殺し人までいるとはな」

島蔵が驚いたような顔をした。島蔵も、おえんのことは知らなかったようである。

「だが、これで、始末がついたんじゃァねえのかい。腕利きの殺し人を、四人も殺ったんだぜ」

朴念が、利根造、玄十、氷影柳三郎、おえんの名を上げた。

「まだ、利助が残っている。それに、肝心の弥左衛門と富蔵と名乗った男がいるぞ。ふたりを始末しねえことには、勝負はつかねえ。それに相手は弥左衛門だ。うかうかしちゃァいられねえぜ」

島蔵が虚空を睨みながら言った。その顔に不安そうな表情があった。弥左衛門は大親分なので、早く手を打たなければ新たな殺し人を集めると思っているのかもしれない。

「元締め、その富蔵だがな。万蔵と呼ばれているらしいぞ」

朴念が、島蔵に目をやりながら言った。

朴念によると、藤田屋を見張っているとき、利助があらわれ、桟橋にいた富蔵に、万蔵兄い、と声をかけたのを耳にしたという。

「弥左衛門の片腕は、万蔵という男か」

島蔵が言った。

「そのようだ」

「で、肝心の弥左衛門の塒《ねぐら》はつかめたのかい」

島蔵が嘉吉や六助たちに目をやりながら訊いた。

「それが、まだはっきりしねえんで……」

六助が首をすくめながら言うと、脇から嘉吉が、

「ただ、目星はついていやす」

と、言い添えた。

「目星とは？」

「へい、藤田屋の脇にある桟橋に着いた猪牙舟《ちよき》から五十がらみの男が下りて、店に入《へえ》りやした。そいつを迎えた万蔵の様子が他の客とちがってたんでさァ」

その男は黒の絽羽織に細縞の着物姿で、大店の旦那ふうに見えたという。

「どうちがったんだ」

島蔵が訊いた。

「腰が低いだけじゃァなく、そいつの耳元で何かささやいていやした」

「それでどうした」

「その男は、万蔵を叱《しか》り付けてるように見えやした。それから半刻（一時間）ほどして、男は店から出てくると、利助を連れて桟橋から舟で出やした」

「利助を連れていったのか」

「へい、それっきり利助は藤田屋で見ちゃァいません。その男と出てったきりなんで」

「そいつが、弥左衛門かもしれねえな。……そいつの行き先は、分からねえのかい」

島蔵が大きな目をひからせて訊いた。

「分からねえが、探り出す手はありやす」

「どんな手だ」

「藤田屋に通いで勤めているおみねってえ女中に聞いたんですが、万蔵は三日に一度ほど、八ツ（午後二時）ごろになると猪牙舟で出て、一刻（二時間）ほどで店にもどるそうでさァ」

嘉吉が言うと、脇で聞いていた六助が、

「そういやァ、おれも万蔵が、猪牙舟で桟橋にもどって来たのを見やしたぜ」

と、言い添えた。

「そうか、万蔵は親分の弥左衛門の指図を受けるために、隠れ家に足を運んでいるのか」

「そう睨《にら》んだんで」

「万蔵の行き先が、弥左衛門の隠れ家だな」

「へい、こっちも猪牙舟を用意して、万蔵を尾ければ隠れ家がつかめるはずでさァ」

「よし、猪牙舟を用意して、朴念、嘉吉、六助、浅五郎の四人で交替して万蔵を見張ってくれ」

島蔵が声を大きくして言った。

藤田屋の桟橋のある近くに猪牙舟をとめておいて、万蔵が舟で出るのを見てから尾けねばならない。いつ万蔵が店を出るか分からないので、ふたりずつ交替して見張れということらしい。

「分かった」

朴念が言うと、嘉吉たち三人もうなずいた。

「弥左衛門の塒が分かったら、間を置かずに仕掛けよう」

平兵衛が言った。

「それがいい。早いとこ弥左衛門を始末しねえことには枕を高くして寝られねえからな」

　島蔵が低い声で言い、集まった一同が目をひからせてうなずいた。


　それから五日後、弥左衛門の隠れ家が知れた。日本橋小網町。日本橋川沿いにある料理屋、三浦屋である。

　嘉吉と六助が、藤田屋から舟で出た万蔵を尾け、万蔵が三浦屋の桟橋に舟をとめて店に入ったのを確かめたのである。

　その後、嘉吉、六助、浅五郎の三人で、小網町に出かけ、三浦屋の周辺で聞き込んだり、店で下働きをしている男などから話を訊いたりした。その結果、弥左衛門と思われる男が店のあるじで、お松《まつ》と言う女将に店の切り盛りをまかせていることが分かった。

　ただし、あるじは店で徳兵衛《とくべえ》と名乗っているという。当然、弥左衛門の名は隠しているはずなので、徳兵衛の名にこだわることはなかった。

　弥左衛門らしき男は、四年ほど前に店がかたむいていた三浦屋を居抜きで買い取り、包丁人や女中などもそのまま雇って、お松を女将に据えて商売をつづけているそうだ。なお、お松はあるじの情婦《いろ》らしいという。

嘉吉は島蔵に三浦屋のことを話したとき、

「店には利助がいるようでさァ。それに、氷影やおえんらしい女も店に顔を出し、あるじと話していたことがあったそうですぜ」

と、言い添えた。

「まちげえねえ。そいつが弥左衛門だ」

これだけ揃えば、疑いようはなかった。

どうやら、弥左衛門は深川の対岸にあたる日本橋に身を隠し、片腕である万蔵を深川にやり、深川、本所方面に手を伸ばそうとしているらしい。しかも、弥左衛門と万蔵の隠れ家は日本橋川と仙台堀の岸辺にあり、舟で簡単に行き来できるようになっているのだ。

「どうしやす」

嘉吉が訊いた。

「嘉吉、六助、安田の旦那と片桐の旦那のところへ飛んでくれ。仕掛けるのは早え方がいい」

島蔵が声を大きくして言った。

2

「わしらは、先に出るぞ」

平兵衛が島蔵に声をかけ、右京とふたりで極楽屋の店先から出た。

外は満天の星である。頭上の月が皓々《こうこう》とかがやいている。すこし風があったが、よく晴れていた。

町木戸のしまる四ッ（午後十時）ごろだった。辺りに人影はなく、深い夜陰につつまれている。静かだった。堀沿いの葦《よし》や茅《かや》などが風になびく音と物悲しそうな虫の音が、聞こえてくるだけである。

店の前の掘割に猪牙舟がとめてあった。棹《さお》を握っているのは、嘉吉だった。平兵衛たちが乗り込むと、嘉吉はすぐに舟を出した。

平兵衛たちが向かう先は、仙台堀沿いにある藤田屋である。藤田屋が店仕舞いする直前を狙って踏み込み、万蔵と喜三郎《きさぶろう》という男を斬るつもりだった。喜三郎は藤田屋で包丁人をやっているそうだ。その後の嘉吉たちの聞き込みで、喜三郎も弥左衛門の手下で、殺し人との繋ぎ役をやっていたことが分かったのである。

当初は、朴念も藤田屋へ同道することになっていたが、

「万蔵と喜三郎だけなら、わしと片桐さんで十分だよ」

平兵衛がそう言って、朴念は先に三浦屋へ行くことになったのだ。

それというのも、藤田屋を襲って、万蔵と喜三郎を始末した後、そのまま舟で小網町にむかい、その夜のうちに、弥左衛門や利助たちを始末することになっていたのだ。日を置くと、万蔵が殺されたことを弥左衛門が知り、姿を消す恐れがあったからである。

嘉吉は仙台堀に入ると棹《さお》を艪《ろ》に持ち替えて、藤田屋に舟をむけた。

藤田屋の桟橋の端に舟を寄せて舫《もや》い杭につなぐと、平兵衛たちは舟から飛び下りた。まだ、藤田屋の二階から灯が洩れていた。それに、客らしい男の哄笑も聞こえる。

「すこし、待とう」

平兵衛は客のいる店に踏み込んで、騒ぎを起こしたくなかった。客が出た後、店仕舞いする直前を狙いたかったのだ。

平兵衛たちは桟橋の脇の土手の暗闇に身をひそめて、戦いの身支度を始めた。身支度といっても、平兵衛は筒袖に軽衫《かるさん》姿で来ていたので、手ぬぐいで頬っかむりをして

顔を隠し、来国光の目釘を確かめるだけである。右京も手ぬぐいで頰っかむりし、袴の股立を取った。

「旦那、客が出ますぜ」

店先に目をやっていた嘉吉が小声で言った。

見ると、ふたりの客が女将に見送られて、店から出るところだった。客は酔っているらしく、すこし腰がふらついていた。

客が店先から離れると、女将は店先の暖簾《のれん》を手にしてなかへ入った。これで、店仕舞いするようである。

「踏み込むぞ」

平兵衛は土手を上がり、店先に走った。右京と嘉吉がつづく。

平兵衛は戸口から踏み込んだ。土間の先が帳場になっていて、帳場机の脇に女将らしい女が座っていた。左手が板場である。流し場で、豆絞りの手ぬぐいを肩にかけた男がまな板を洗っていた。

右の奥に二階に上がる階段があった。宴席の片付けでもしているらしく、瀬戸物を重ねるような音が聞こえる。

板場にいた男が、押し入ってきた平兵衛たちの足音に気付き、

「だ、だれだ！」

振り返りざま、怒鳴った。

帳場にいた女将も立ち上がった。顔が恐怖にひき攣《つ》っている。

「喜三郎か」

右京が板場に足をむけた。

男は素早く流し場にあった包丁を握り、

「兄ィ！　地獄屋のやつらだ。逃げてくれ」

と、大声で叫んだ。この男が、喜三郎のようである。

平兵衛は上がり框から踏み込んだ。万蔵のいる部屋は、分かっていた。帳場にいなければ、その奥にある居間か寝間である。すでに、嘉吉が女中のおみねから話を聞き、藤田屋の間取りやふだん万蔵のいる部屋を聞き込んでいたのだ。

平兵衛は帳場から奥の部屋にむかった。帳場机の脇にいた女将が、ヒイイッと喉を裂くような悲鳴を上げ、畳を這って座敷の隅に逃れた。

平兵衛は女将にはかまわず、障子をあけて次の間に踏み込んだ。

正面に長火鉢があった。その向こうに男がいた。四十がらみ、大柄で頬のふっくらした男である。万蔵だ。

「だれだい！」

万蔵が立ち上がった。顔が憤怒で赭黒《あかぐろ》く染まり、細い目がつり上がっていた。福相がゆがみ、凄みのある顔に変わっている。

「地獄から来た鬼だよ」

言いざま、平兵衛が抜刀した。

逆八相に構え、身を低くして畳に足を擦るようにして万蔵に迫っていく。

「ちくしょう！　返り討ちにしてやる」

万蔵は、背後の簞笥の上に置いてあった匕首を手にして抜いた。

かまわず、平兵衛は一気に万蔵の前に迫り、
イヤアッ！

裂帛《れっぱく》の気合を発しざま、長火鉢越しに斬り下ろした。

袈裟へ。虎の爪の鋭い斬撃である。

咄嗟に、万蔵は匕首を振り上げて、平兵衛の斬撃を受けた。

だが、無駄だった。平兵衛の剛剣は万蔵の匕首ごと斬り下げ、肩口から胸へ深く食い込んだのだ。

ギャッ、と絶叫を上げ、万蔵がのけぞった。その拍子に背中が簞笥に突き当たって

前によろめき、肩先から長火鉢の灰のなかにつっ込んだ。

肩先から噴出した血が灰のなかに飛び散り、白い灰神楽《はいかぐら》が上がった。万蔵は猫板に手をかけて、身を起こそうとしたが、灰だらけの顔をすこしもたげただけで、すぐにぐったりとなった。

平兵衛の一撃は万蔵の肩口から深く胸を斬り下げ、ほとんど即死にちかかったのだ。肩先の傷口から、截断《せつだん》された鎖骨が猛獣の爪のように覗いている。

平兵衛は血刀をひっ提げたまま居間を飛び出した。

帳場の隅にへたり込んでいた女将が、平兵衛の姿を見ると恐怖に顔をひき攣らせて立ち上がり、大声で何か叫びながら外へ飛び出そうとした。

店の外で、大声で叫ばれては困る。近所にまだ店をひらいている小料理屋や飲み屋などがあった。人が集まってきてはまずいし、町方に正体が知れたら、殺し人としては生きていけなくなるのだ。

――やむをえぬ。

平兵衛は素早い動きで女将の背後に走り寄り、首筋に斬り下ろした。

骨音がして女将の首がかしぎ、首根から血が驟雨《しゅうう》のように飛び散った。女将は血を撒きながら、腰からくずれるように倒れた。即死である。

帳場は畳も障子も血に染まり、まさに血の海だった。

平兵衛は帳場から土間へ出た。

右京が立っていた。土間に喜三郎が倒れている。右京が仕留めたらしい。

「長居、無用」

平兵衛は右京に声をかけ、戸口から外へ飛び出した。

右京は黙したまま跟《つ》いてきた。

戸口に嘉吉が待っていて、三人で舫ってある舟まで走った。

外は降るような星空である。身にまとった血なまぐさい臭いが、清夜の大気のなかに消えていく。

3

平兵衛と右京は嘉吉の漕ぐ猪牙舟で大川を横切り、日本橋川をさかのぼった。嘉吉は日本橋川の鎧《よろい》ノ渡しを過ぎたところで、水押《みお》しを右手の岸に寄せ、ちいさな桟橋に舟を着けた。

「三浦屋は、ここからすぐでさァ」

言いながら、嘉吉は手早く舫い杭に舫い綱をかけた。

平兵衛たちが桟橋から短い石段を上がると、足音がして人影が近付いてきた。六助だった。

「みんな、待ってやすぜ。……こっちでさァ」

六助が先に立って歩きだした。どうやら、平兵衛たちが桟橋につくのを待っていたようである。

三浦屋は桟橋から半町ほど先にあった。料理屋らしい二階建ての建物で、脇の掛行灯には火が点っていた。ただ、客はいないらしく二階の座敷は闇につつまれ、ひっそりと静まっている。

三浦屋の斜向かいの表店の脇にいくつかの人影があった。島蔵、朴念、浅五郎、それに孫八も来ていた。孫八の傷は、歩きまわれるまでに癒えたようである。

「ヘッへへ……。旦那、持ってきやしたぜ」

孫八が貧乏徳利を顔の前に持ち上げながら言った。平兵衛のために、酒を用意してくれたようである。

「すまんな」

「こいつをやらねえと、旦那の力は出やせんからね」

孫八が目を細めて言った。

「それで、弥左衛門はいるのか」

平兵衛が島蔵に訊いた。

「いるようだが、どこにいるかはっきりしない」

島蔵によると、三浦屋の二階は客間だけなので、弥左衛門は一階にいるだろうという。

「なに、表と裏から踏み込めば、逃がすことはねえ」

朴念が言った。

客はいないが、まだ表口も裏口も出入りできるはずだという。

「始末するのは、弥左衛門と利助だけなのか」

右京が訊いた。

「弥左衛門の手下が、二、三人いるとみている。包丁人か若い衆だろう。歯向かってきたら、始末すればいい」

島蔵が男たちに聞こえるように言った。

「なかには、何人ほどいるのだ」

平兵衛が訊いた。

「七、八人だろう」

島蔵によると、通いの女中と下働きの男は、半刻（一時間）ほど前に帰ったそうだ。店のなかには、弥左衛門、利助、手下が二、三人、それに包丁人と住込みの女中がいるだけらしいという。

「歯向かわなければ、見逃してもいい。夜盗でも押し入ったように細工しとけば、町方も殺し人の仕業とは思わねえはずだ」

島蔵が言った。

「そろそろ行くか」

平兵衛が言うと、

「支度をしろ」

と、島蔵が男たちに声をかけた。

襲撃の支度といっても、手ぬぐいや黒布で頬っかむりしたり、草鞋の紐を締めなおしたりするだけである。

表から島蔵と右京、裏手から平兵衛と朴念が踏み込み、嘉吉たち四人はふたりずつ分かれて、表と裏口で待機していることになった。弥左衛門と利助たち手下を始末するだけなら、四人で十分だった。それに、暗い家に大勢で踏み込むと、同士討ちする恐れがあったのだ。島蔵は元締めになる前は殺し人だったので、腕は確かである。

「旦那、やりますかい」

孫八が貧乏徳利を持ってきた。

「もらおう」

平兵衛の手は、震えていなかった。相手はそれほどの強敵ではないと、感じていたからである。それでも、孫八がせっかく用意してくれたので飲むことにしたのだ。

貧乏徳利の栓を抜くと、平兵衛は喉を鳴らして、五合ほど飲んだ。いっときすると、体が熱くなり、活力と闘気が全身にみなぎってきた。丸まっていた背が伸び、双眸がするどいひかりを宿し、剣客らしい凄みが身辺にただよってきた。

「朴念、行くぞ」

平兵衛が、朴念に声をかけて裏手にまわった。

裏手は板場になっているらしかった。明りが洩れ、水を使う音が聞こえた。

朴念が裏口の引き戸をあけた。なかは薄暗かった。そこは板場で、男がふたりいた。流し場にひとり、土間の先の板敷の間の酒器を並べた棚の前にひとり。ふたりともねじり鉢巻で、前だれをかけている。ふたりは、裏口から侵入した平兵衛と朴念の足音に気付いて振り返った。

「お、押し込みだ！」

流し場の前にいた男が、悲鳴のような声を上げた。手ぬぐいで頬っかむりした平兵衛たちの姿を見て、夜盗と思ったようだ。

朴念が流し場にいる男に突進した。手甲鈎を振り上げて迫る姿には、巨熊のような迫力があった。

「親分！　殺し人だ」

板敷の間にいた三十がらみと思われる面長の男が、奥にむかって叫んだ。平兵衛たちの様子から殺し人と察知したようだ。弥左衛門の手下らしい。親分と呼んだことからも、店の奉公人ではないだろう。

平兵衛は刀を抜いて逆八相に構え、身を低くして面長の男に急迫した。

「これでも、喰らえ！」

叫びざま、男は手にした皿を平兵衛に投げ付けた。

皿は平兵衛の肩先をかすめ、土間へ落ちて砕け、大きな音をひびかせた。

平兵衛はその場から逃げようとして背をむけた男に迫り、
イヤアッ！

裂帛の気合を発して、斬り込んだ。

刀身が男の肩先から腋近くまで斬り下ろされた。虎の爪の斬撃である。

男はのけぞり、身をよじるようにしてその場に倒れた。血が肩口から激しく噴出し、床板をたたいた。赤い布をひらくように、見る間に血が床にひろがっていく。

男はいっとき四肢を痙攣させていたが、呻き声も洩らさなかった。すでに、息絶えているようである。


一方、朴念は逃げる若い男に追いすがり、背後から手甲鈎を振り下ろした。

ギャッ！

若い男が凄まじい絶叫を上げてのけぞった。肩口から背にかけて、着物が剝ぎ取られ、幾筋もの赤い線がはしって、血が噴き出した。若い男は逃げようとして流し場の脇の板塀に突き当たり、どかりと尻餅をついた。

「じたばたしやがると、喉を掻っ切るぞ」

朴念は、若い男の首筋に手甲鈎を当てた。

ヒイイッ、と若い男は首を伸ばし、喉を裂くような悲鳴を上げた。恐怖に目がひき攣《つ》っている。

「あるじはどこにいる」

朴念が胴間声で訊いた。

「お、奥の居間だ」

若い男は声を震わせて答えた。隠す気はないようだ。そうしている間にも、若い男の背は出血で真っ赤に染まってきた。

「利助は」

「と、隣の奉公人の部屋に」

「ありがとよ」

言いざま、いきなり朴念が手甲鈎で若い男の頭を殴りつけた。

ゴン、という音と同時に、若い男の首が横にふっ飛び、そのまま横転して動かなくなった。失神したらしい。

「安田の旦那、奥だぜ」

「分かった」

平兵衛も若い男が口にしたのを聞いていたのだ。

4

板場の先が廊下になっていて、奥の座敷につながっているようだった。

平兵衛と朴念は廊下へ出た。見ると、障子をたてた座敷が三間あった。障子が明らんでいるのは、手前の二間である。

手前の部屋から、男の怒声と畳を踏む音が聞こえた。ふたりいるらしい。

平兵衛は障子をあけた。

「来やがった！」

小柄な男が叫んだ。利助である。肩口に晒が見えた。傷口に巻いてあるらしい。利助は手に匕首を持っていた。

もうひとりの男は長身だった。目をつり上げ、手に長脇差を持っていた。一見して、真っ当な男でないことが知れる。弥左衛門の手下にちがいない。

「やろう！」

吼えるような声を上げて、利助が平兵衛にむかってつっ込んできた。匕首を前に突き出すように構えている。

腹にむかって突き込んできた利助の匕首を、平兵衛は脇へ飛んでかわしざま、袈裟に斬り下ろした。

ザクリ、と利助の肩先から胸にかけて裂け、血飛沫が噴いた。利助は呻き声を上げながらよろめき、障子に頭ごとつっ込んだ。バリッ、という音とともに障子紙と桟《さん》が破れ、利助といっしょに廊下へ倒れた。

これを見た長身の男は、ヒイ、ヒイ、と悲鳴を上げながら、手にした長脇差をふりまわした。そして、朴念が身を引いて身構えた隙を衝いて、廊下へ飛び出した。そのまま逃げるつもりらしい。

「逃がすか！」

叫びざま、朴念も廊下へ飛び出した。

だが、朴念の足はすぐにとまった。逃げる男の前に、右京が立っているのを見たのである。

一方、平兵衛は長身の男には目をくれず、利助を斬るとすぐに、奥の座敷との間を仕切っている襖をあけた。

居間らしい。長火鉢の前に、五十がらみの痩身の男が立っていた。左手に長脇差を持っている。面長で鷲鼻。顎がとがっていた。平兵衛を見すえた双眸が猛禽のようにひかっている。

——この男が弥左衛門だ！

平兵衛は一目で看破した。男の身辺には、料理屋のあるじとは異質な酷薄で残忍な殺し人の元締めらしい雰囲気がただよっていたのだ。

「おまえさんが、人斬り平兵衛かい」

男がくぐもった声で訊いた。

「そうだ」

「どうだ、おれの許で仕事をする気はないか。地獄屋の倍出してもいいぞ」

男は平兵衛を見すえて言った。

「ことわる。それに、受けた仕事は最後まで果たすのが、殺し人の掟《おきて》だ」

平兵衛は来国光を逆八相に構えた。

「おまえさんは、いい人斬り屋だ」

そう言うと、弥左衛門は手にした長脇差を抜いた。

弥左衛門は切っ先を平兵衛にむけ、廊下側の障子の方に摺り足で動いた。平兵衛と戦うのではなく、廊下から逃げる気のようだ。

「弥左衛門、覚悟！」

平兵衛は声を上げ、すばやい足捌きで弥左衛門に迫った。

「斬られて、たまるか！」

弥左衛門は目をつり上げ、口をひらいて牙のような歯をのぞかせた。恐怖とも憤怒ともつかぬ顔である。

イヤアッ！

裂帛の気合を発して、平兵衛が斬り込んだ。

袈裟へ。迅雷の斬撃である。

一瞬、弥左衛門は長脇差を振り上げて、平兵衛の斬撃を受けた。だが、そのまま長脇差は沈み、平兵衛の刀身が肩口へ食い込んだ。虎の爪の剛剣である。

弥左衛門は獣の吼えるような低い唸り声を上げ、後ろによろめいた。鎖骨が截断され、大きくひらいた傷口から血が奔騰《ほんとう》した。

弥左衛門は足を踏ん張って体勢を立て直し、座敷のなかほどにつっ立った。手にした長脇差は、だらりと垂らしたままである。

飛び散った血が、弥左衛門の半顔を赤黒く染めている。大きく口をひらいて、牙のような歯を剝き出していた。夜叉のような形相である。

弥左衛門はつっ立ったまま動かなかった。噴出した血が、首筋から胸にかけて赤く染めていく。

「ひ、人斬り平兵衛……、いい腕だ」

低い声でつぶやくと、弥左衛門の体がぐらっとかたむき、前につんのめるように転倒した。

「終わったな」

平兵衛は、倒れている弥左衛門のたもとで刀身の血をふいて納刀した。

平兵衛の全身から潮の引くように闘気がうすれ、顔がふだんの好々爺のような穏やかな面貌《おもて》にもどっていく。

そこへ、朴念が入ってきた。返り血を浴びた顔が赭黒く染まり、双眸が獲物を追う猛獣のようにひかっている。

「どうした、弥左衛門は」

朴念が訊いた。

「仕留めた、見ろ」

平兵衛が横たわっている弥左衛門を指差した。

「さすが、安田の旦那だ」

朴念が感心したように言った。

ひびかせて跟《つ》いてきた。

平兵衛は、島蔵たちがいるであろう戸口の方へむかった。朴念も、床を踏む足音を
狙った相手は、すべて斃《たお》した。これ以上、三浦屋にとどまる必要はなかった。

「長居は無用だ」

「片桐の旦那が仕留めた」

「利助はどうした？」


それから、半刻（一時間）ほど後、大川を横切る猪牙舟のなかに平兵衛の姿があった。舟には右京も乗っていた。艪を漕いでいるのは嘉吉である。

平兵衛たちは三浦屋からひきあげ、極楽屋にむかっていたのだ。もう一艘、先に行った島蔵や朴念たちが乗る舟も大川を横切っているはずだが、夜陰につつまれてその船影を見ることはできなかった。

すでに子《ね》ノ刻（零時）は過ぎているはずだった。頭上は満天、降るような星である。その星明りが渺茫とひろがる川面に映じ、無数の波の起伏を夜陰のなかに浮かび上がらせていた。

日本橋も対岸の深川の家並も夜陰につつまれて、その輪郭さえ見えなかった。猪牙

舟の水押しで、川面を切る水音だけが耳を聾するほどにひびいている。

「安田さん」

右京が声をかけた。水音に負けぬような大きな声である。

「なんだ」

平兵衛も大きな声を出した。

「この前頼んだ刀ですが、もう研げましたか」

「いや、まだだ」

研ぎ場の隅に置いたままだった。

「二、三日のうちに研いでいただけませんかね。取りにうかがいますから」

「研いでもいいが……」

右京は、まゆみに逢いたいのだ。刀は口実である。おそらく、弥左衛門たちの戦いが終わり、ほっとしたのだろう。その気持ちが、右京にまゆみのことを思い出させたのかもしれない。

「片桐さん、刀もいいが、浅草寺にいっしょに参詣に行ってくれんか。まゆみと約束していてな。いつも、口ばっかりだと思われたくないのだ」

平兵衛が大声で言った。

「いいですよ」

右京が笑みを浮かべた。夜陰のなかで、右京の口元から皓《しろ》い歯がこぼれていた。人を斬った後の殺伐とした気持ちが霧散したのかもしれない。

そのとき、急に舟の揺れがすくなくなり、水を切る音もちいさくなった。

「仙台堀に入りやした。極楽屋はすぐですすぜ」

艫《とも》に立っている嘉吉が声をかけた。

見ると、仙台堀の両岸に沿って並ぶ深川の家並は深い夜陰のなかに沈んでいたが、舳先《へさき》の向こうの空は、仄明りにつつまれていた。月明りでそう見えるらしいが、浄土と思えばそんな感じがしないこともない。

「極楽は、すぐだそうだよ」

平兵衛は右京には聞こえないように小声でつぶやいた。

平兵衛たち三人を乗せた舟は、仙台堀の水面をすべるように極楽屋にむかって進んでいく。

一〇〇字書評

切り取り線

購買動機（新聞、雑誌名を記入するか、あるいは○をつけてください）

☐（　　　　　　　）の広告を見て	
☐（　　　　　　　）の書評を見て	
☐ 知人のすすめで	☐ タイトルに惹かれて
☐ カバーがよかったから	☐ 内容が面白そうだから
☐ 好きな作家だから	☐ 好きな分野の本だから

●最近、最も感銘を受けた作品名をお書きください

●あなたのお好きな作家名をお書きください

●その他、ご要望がありましたらお書きください

住所	〒				
氏名		職業		年齢	
Eメール	※携帯には配信できません	新刊情報等のメール配信を希望する・しない			

あなたにお願い

この本の感想を、編集部までお寄せいただけたらありがたく存じます。今後の企画の参考にさせていただきます。Eメールでも結構です。

いただいた「一〇〇字書評」は、新聞・雑誌等に紹介させていただくことがあります。その場合はお礼として特製図書カードを差し上げます。

前ページの原稿用紙に書評をお書きの上、切り取り、左記までお送り下さい。宛先の住所は不要です。

なお、ご記入いただいたお名前、ご住所等は、書評紹介の事前了解、謝礼のお届けのためだけに利用し、そのほかの目的のために利用することはありません。

〒一〇一-八七〇一
祥伝社文庫編集長　加藤　淳
☎〇三（三二六五）二〇八〇
bunko@shodensha.co.jp

祥伝社ホームページの「ブックレビュー」からも、書き込めます。
http://www.shodensha.co.jp/bookreview/

祥伝社文庫

上質のエンターテインメントを！　珠玉のエスプリを！

祥伝社文庫は創刊15周年を迎える2000年を機に、ここに新たな宣言をいたします。いつの世にも変わらない価値観、つまり「豊かな心」「深い知恵」「大きな楽しみ」に満ちた作品を厳選し、次代を拓く書下ろし作品を大胆に起用し、読者の皆様の心に響く文庫を目指します。どうぞご意見、ご希望を編集部までお寄せくださるよう、お願いいたします。

2000年1月1日　　祥伝社文庫編集部

狼《おおかみ》の掟《おきて》　闇《やみ》の用心棒《ようじんぼう》　長編時代小説

平成21年9月5日　初版第1刷発行

著者　鳥《と》羽《ば》　亮《りよう》
発行者　竹内和芳
発行所　祥《しよう》伝《でん》社《しや》
東京都千代田区神田神保町3-6-5
九段尚学ビル　〒101-8701
☎03(3265)2081(販売部)
☎03(3265)2080(編集部)
☎03(3265)3622(業務部)
印刷所　堀内印刷
製本所　ナショナル製本

ISBN978-4-396-33531-1　C0193

祥伝社のホームページ・http://www.shodensha.co.jp/

祥伝社文庫

祥伝社文庫

鳥羽　亮　悲恋斬り　介錯人・野晒唐十郎

御前試合で兄を打ち負かした許嫁《いいなずけ》を介錯して欲しいと唐十郎に頼む娘。その真相は？　シリーズ初の連作集。

鳥羽　亮　飛龍の剣　介錯人・野晒唐十郎

妖刀「月華」を護《まも》り、中山道を進む唐十郎。敵方の策略により、街道筋の剣客が次々と立ち向かってくる！

鳥羽　亮　覇剣　武蔵と柳生兵庫助

時代に遅れて来た武蔵が、新時代に覇を唱える柳生新陰流に挑む。かつてない視点から描く剣豪小説の白眉。

鳥羽　亮　妖剣おぼろ返し　介錯人・野晒唐十郎

かつての門弟の御家騒動に巻き込まれた唐十郎。敵方の居合い最強の武者・市子畝三郎の妖剣が迫る！

鳥羽　亮　鬼哭《きこく》霞飛燕《かすみひえん》　介錯人・野晒唐十郎

敵もまた鬼哭の剣。十年前、許嫁を失った苦い思いを秘め、唐十郎は鬼哭を超える秘剣開眼に命をかける！

鳥羽　亮　闇の用心棒

老齢のため一度は闇の稼業から足を洗った安田平兵衛。武者震いを酒で抑え、再び修羅へと向かった！

祥伝社文庫

鳥羽 亮　双鬼《ふたおに》 介錯人・野晒唐十郎

最強の敵鬼の洋造に出会った孤高の介錯人狩谷唐十郎の、最後の戦いが始まった！「あやつはおれが斬る！」

小杉健治　八丁堀殺し 風烈廻り与力・青柳剣一郎

闇に悲鳴が轟《とどろ》く。剣一郎が駆けつけると、同僚が斬殺されていた。八丁堀を震撼させる与力殺しの幕開け…。

小杉健治　刺客殺し 風烈廻り与力・青柳剣一郎

江戸で首をざっくり斬られた武士の死体が見つかる。それは絶命剣によるもの。同門の浦里左源太の技か!?

小杉健治　七福神殺し 風烈廻り与力・青柳剣一郎

人を殺さず狙うのは悪徳商人、義賊「七福神」が次々と何者かの手に…。真相を追う剣一郎にも刺客が迫る。

小杉健治　夜烏《よがらす》殺し 風烈廻り与力・青柳剣一郎

冷酷無比の大盗賊・夜烏の十兵衛が、青柳剣一郎への復讐のため、江戸に戻ってきた。犯行予告の刻限が迫る！

小杉健治　女形《おやま》殺し 風烈廻り与力・青柳剣一郎

父と兄が濡れ衣を着せられた!? 娘の悲痛な叫びを聞いた剣一郎は、奉行所内での孤立を恐れず探索に突き進む！

祥伝社文庫

小杉健治
目付殺し 風烈廻り与力・青柳剣一郎
匕首《あいくち》で心の臓を一突きする殺しが続き、手練れの目付も斃《たお》された。背後の陰謀を掴んだ剣一郎は……。

小杉健治
闇太夫《やみだゆう》 風烈廻り与力・青柳剣一郎
「江戸に途轍もない災厄が起こる」不気味な予言の真相は？　剣一郎が幾重にも仕掛けられた罠に挑んだ！

小杉健治
待伏せ 風烈廻り与力・青柳剣一郎
江戸中を恐怖に陥れた殺し屋で、かつて風烈廻り与力青柳剣一郎が取り逃がした男との因縁の対決を描く！

小杉健治
まやかし 風烈廻り与力・青柳剣一郎
市中に跋扈《ばっこ》する非道な押込み。探索命令を受けた青柳剣一郎が、盗賊団に利用された侍と結んだ約束とは？

小杉健治
子隠し舟 風烈廻り与力・青柳剣一郎
江戸で頻発する子どもの拐かし。犯人捕縛へ〝三河万歳〟の太夫に目をつけた青柳剣一郎にも魔手が……。

小杉健治
追われ者 風烈廻り与力・青柳剣一郎
不可解な金貸し一家の惨殺事件。しかも主は妾と心中していた。だが、そこに謎の男の存在が明らかに……。

祥伝社文庫

藤井邦夫　**素浪人稼業**

神道無念流の日雇い萬稼業・矢吹平八郎。ある日お供を引き受けたご隠居が、浪人風の男に襲われたが…。

藤井邦夫　**にせ契《ちぎ》り**　素浪人稼業

素浪人矢吹平八郎は恋仲の男のふりをする仕事を、大店の娘から受けた。が娘の父親に殺しの疑いをかけられて…

藤井邦夫　**逃れ者**　素浪人稼業

長屋に暮らし、日雇い仕事で食いつなぐ、萬稼業の素浪人・矢吹平八郎。貧しさに負けず義を貫く！

藤井邦夫　**蔵法師**　素浪人稼業

蔵番の用心棒になった矢吹平八郎。雇い主は十歳の娘。だが、父娘が無残にも殺され、平八郎が立つ！

藤原緋沙子　**恋椿**　橋廻り同心・平七郎控

橋上に芽生える愛、終わる命…橋廻り同心平七郎と瓦版屋女主人おこうの人情味溢れる江戸橋づくし物語。

藤原緋沙子　**火の華《はな》**　橋廻り同心・平七郎控

橋上に情けあり。生き別れ、死に別れ、そして出会い。情をもって剣をふるう、橋づくし物語第二弾。

祥伝社文庫

藤原緋沙子

雪舞い 橋廻り同心・平七郎控

一度はあきらめた恋の再燃。逢えぬ娘を近くで見守る父。——橋上に交差する人生模様。橋づくし物語第三弾。

藤原緋沙子

夕《ゆ》立《だ》ち 橋廻り同心・平七郎控

雨の中、橋に佇む女の姿。橋を預かる、北町奉行所橋廻り同心・平七郎の人情裁き。好評シリーズ第四弾。

藤原緋沙子

冬萌え 橋廻り同心・平七郎控

泥棒捕縛に手柄の娘の秘密。高利貸しの優しい顔——橋の上での人生の悲喜こもごも。人気シリーズ第五弾。

藤原緋沙子

夢の浮き橋 橋廻り同心・平七郎控

永代橋の崩落で両親を失い、深い傷を負ったお幸を癒《いや》した与七《よしち》に盗賊の疑いが——橋廻り同心第六弾！

藤原緋沙子

蚊遣り火 橋廻り同心・平七郎控

杉の青葉などをいぶし蚊を追い払う蚊遣り火を庭で焚く女。じっと見つめる男。二人の悲恋が新たな疑惑を…。

藤原緋沙子

梅灯り 橋廻り同心・平七郎控

生き別れた母を探し求める少年僧に危機が！　平七郎の人情裁きや、いかに！

祥伝社文庫・黄金文庫　今月の新刊